像树一样

明月光 百味斋 清风来

XIANG SHU YIYANG

陈白云◎著

江西高校出版社
JIANGXI UNIVERSITIES AND COLLEGES PRESS

图书在版编目（CIP）数据

像树一样 / 陈白云著. --南昌：江西高校出版社，2023.2

ISBN 978-7-5762-3566-1

Ⅰ.①像…　Ⅱ.①陈…　Ⅲ.①散文集－中国－当代Ⅳ.①I267

中国版本图书馆CIP数据核字（2023）第018727号

出 版 发 行	江西高校出版社
社　　　址	江西省南昌市洪都北大道96号
总编室电话	（0791）88504319
销 售 电 话	（0791）88522516
网　　　址	www.juacp.com
印　　　刷	江西千叶彩印有限公司
销　　　售	全国新华书店
开　　　本	880mm×1230mm　1/32
印　　　张	8
字　　　数	180千字
版　　　次	2023年2月第1版
	2023年2月第1次印刷
书　　　号	ISBN 978-7-5762-3566-1
定　　　价	49.00元

赣版权登字-07-2023-174

孤独的寂旅

黑 丰

明万历年间，从长江边上的一片白苇黄茅间，走出了三个"布衣方巾"，他们反对拟古蹈袭、厚古薄今，提倡"独抒性灵，不拘格套"，共同开创了"公安派"这一彪炳千古的文学流派，在中国文学浩瀚的史册里增添了斑斓的一卷，这就是史称"公安三袁"的袁宗道、袁宏道、袁中道。

正是"公安派"性灵文学的独创精神的影响，使陈白云一直在文学的峰峦间攀爬、追逐、挖掘和创造，具有无限的可能性——无疑，他是荆楚大地的一股强劲的上升流，是一支不知疲惫的孤独的寂旅。

刘勰《文心雕龙·情采》有述："综述性灵，敷写器象。"颜之推《颜氏家训·文章》称："文章之体，标举兴会，发引性灵。"写文章，要写自己的山川河流，抒发自己的真情实感。陈白云的这些文字，独抒胸臆，发之笔尖，如出水芙蓉般本真，也反映了他内在的性格与表达于外的文章是一致的，他在体察自己先天禀赋、性情气质的同时，持续锤炼着脱俗风骨，养成凌云之气。

一个作家，对社会的贡献，往往不在于他"码"了多少字，编了多少故事，写了多少本书，而在于奉献了多少启示性的

"思想"。陈白云的《像树一样》（散文集），字里行间燃烧着思想的火焰：《磨墨人生》，以别具一格的笔调阐述了"十年磨一剑"的磨砺精神、"典尽客衣三尺雪，炼精诗句一头霜"的功力、"吟安一个字，捻断数茎须"的定力；《心灵的修行》，通篇蕴含着人生哲思，闪烁着智慧的火花；《幽兰吐清气》，写出了兰的神韵、气质和风骨……由此可看出陈白云功夫之深。

写作，固然需要天赋，但勤奋更为重要。"勤"是通天的，自助者，天助也。天赋是人的一种异禀，这一异禀，乃上苍所赐，以此回馈社会，当属本然。唯有靠勤奋，与天赋形成呼应，它才不会像磁铁的磁性一样消失。

我曾耳闻，陈白云平时除了做好单位的本职工作外，几乎每个双休日都在家里作文，一类是工作稿件，另一类即廉政散文。此书中发表在中纪委官媒的文章《秀杰之气终不可掩》《密密堂前柳》《书法之气》《宣纸如云》等，大多是他这样"磨"出来的。而且，据我所知，在中纪委报纸《中国纪检监察报》发表文章是很难的，特别是《文苑》栏目，审稿非常严格，发表的大多是国内名家作品。陈白云也为单位赢得了不少荣誉。现在的党政机关，就是要多些这样的能"沉潜"的青年。

一定程度上说，文学不仅是语言学的艺术，更是文学的艺术。文学语言不必严格遵从严谨的语法次序，并非一定要精准排列"主谓宾"，但它也有它的自律性，为了美，它有时可以超常规。如毕加索、马格利特、埃舍尔等一些著名画家的作品，都是非常规的。毕加索把眼睛画在人的后脑勺上、人的耳朵上，把人的面部平面铺开，用极端的立体主义、超现实主义风格表现人类。马格利特的《这不是一只烟斗》，在否定这只"烟斗"的同时肯定了这只"烟斗"，显示出他强大的哲学思辨力，也展现了他敏锐的观察力和感受力，以及幽默有趣的一面。埃舍尔的版画《昼与夜》《瀑布》，表达的是时间的怪异轮回，着实令人着迷。

法国勒内·夏尔曾说过这样一句话——"诗人不能长久地在语言的恒温层中逗留。他要想继续走自己的路，就应该在痛切的泪水中盘作一团"。"恒温层"是什么，就是常规语言。作家不能一直待在语言的"恒温层"里，不然就不会产生超常的文学性语言。

如"蝴蝶是这个下午的一半，另一半，我想起了落叶的叫喊"，你听见过一片落叶的尖叫吗？你感受过落叶的"另一半"吗？这就是诗的语言，超常的语言，很有咀嚼性。散文亦如此，不要废话，不要铺陈太多，要让第一处风景充满人的心机、每一片树叶都好像充满某种"阴谋"，不要让它莫名地摇动，它的动一定有它的原因。比如，陈白云写的《坐在音乐之树上遐想》，有一句是"悟道，悟什么"，然后是"悟成寂静，悟成修竹，悟成一片枫叶，生长衰落，悟成一只大雁，南来北往"，一下子把你带入诗境，而那把约定俗成的东西重新打碎又重新组合的智慧与勇气，那大彻大悟的意象，也预示着人生的宽与窄、轻与重、起与伏。诸如此类，一些文章虽篇幅不长，但隽永耐读，有鲁迅式的表达，颇有《野草》的味道。

我出差或到外地参加活动，原来有三样东西必须随身携带，即笔、笔记本和书，现在还要加上手提电脑。正所谓"拳不离手，曲不离口"。陈白云亦有此习惯，他是有心人，从《守望文学的星空》《书藤绕屋笔连云》《书法呓语》等一些篇章里可见一斑。很多名家写的长篇散文，考验的是一个人的见识、情怀与控制力，他们的文章仿佛天地之间自然生成的一般。我们需要做大量的读书笔记、观察笔记和思考笔记，才有可能在以后的写作中找到精准的词，让它们掷地有声。只有持续地读书、观察、体验、思考、写作，像钟摆一样，互相融合而又互相推动，才能找到李白的"雄奇"、王维的"静寂"、苏东坡的"旷达"、鲁迅的"深刻"……希望陈白云在这方面更进一步，试着写写小说，在其他领域播下新的种子。

陈白云并不是职业作家，但他却能够在喧嚣的世界里给自己开辟一方天地，甘坐冷凳，甘享寂寞，遵守节操，勤于思索，用心记录生活的点滴，用情谱写岁月的篇章。这种"守得住"的文学精神，让他不仅在文学领域拥有志趣相投的知音，而且在事业道路上也始终保有莫逆相随之人。

文如其人，人如其文。心至善，情至诚，志必坚。简单的陈白云就在简单的生活中行走、沉思、发现，并在纯粹中执着地追求诗、书、文、武。他爱好广泛，且都有所建树：以惊人的毅力练就了双臂二指禅，散文《学拳之理》发表在武术专业期刊《武魂》上；书法随笔《读书的境界》刊发于《书法报》，书法作品在中央电视台书画频道展播……文学，需要深厚的知识积累。我们要以"发现美的眼睛"去感受生活，也要进行无止境的心灵修行。许多的生命景象，都在他真善的描绘中，斑斓呈现，却又意味无限。

文学是陈白云的梦，写作早已成为他生活的一部分，他细致入微地观察生活、体验人情，寻找折叠时间的支点，饱含对生活的赞美、对事物的热爱和对自然的敬畏，向创新性、内向性、深层性、美学性奋进。

我深信，文学不但可以改变思想，还可以改变一个人的命运。陈白云从乡村走到县城，从"豆腐块"到诗歌散文集《光与影》，再到散文集《像树一样》，这都离不开他的勤奋写作。《菜根谭》里有一句讲得好，"伏久者，飞必高"。伏，不是盲目地"伏"，而是有准备地"伏"，三年，甚至三十年不鸣，才有可能一鸣惊人。一切的底部往往是一切的峰巅。在它的上面，海水咆哮翻腾，海底，安然不动。

陈白云是八零后，正当好年纪。希望他继续努力，以潜在的力量、更加自觉的姿态，致力于文学对社会现实、时代生活和人民大众的关怀与担当，用广阔而富于创造性的艺术笔力，表现时代和民族的精神品格。

希望他以更开阔的视野、更敏锐的触角、更广博的胸襟，写出更多表现时代脉络和具有辨识度的优秀作品，开创文学新境界，谱写文学新篇章。

是为序。

（黑丰，诗人，后现代作家。主要著作有诗集《空孕》《灰烬之上》《猫的两个夜晚》《时间深轧》，实验小说集《蝴蝶是这个下午的一半》《人在半地》，随笔集《一切的底部》《存在-闪烁》等。现为《北京文学》月刊社资深编辑、中南财经政法大学法律与文学研究所研究员、长江大学客座教授。）

序

目　录

CONTENTS

第一辑　明月光

第二辑　百味斋

第三辑　清风来

目

录

第一辑

明月光

像树一样

莫道萤光小

"町畽鹿场，熠燿宵行。"初读《诗经·东山》，就被古代劳动人民所述的萤火虫闪闪飞行之状所感染。每到夜幕降临，萤火虫与满月、草木结伴出现，似洒落人间的星，唯美悦目。

古人称萤火虫为夜光、夜照、景天、据火、宵烛等。法国昆虫学家法布尔形容它是"满月里落下的银辉"，古希腊人称它为"尾部挂着灯笼的人"。

我常回老家寻赏萤火，坐于萤光漫舞的竹林间，看它们忽明忽暗、时高时低，确信它们体内蕴蓄着五千年的文明之火。这平均寿命仅五天的萤火虫，用短暂的绽放照耀了漫长的夏夜，照亮了作家们的创作灵感。

时间回溯到唐代，李白的《咏萤火》令人印象深刻："雨打灯难灭，风吹色更明。若飞天上去，定作月边星。"天愈黑，萤火愈明，其雨打不灭、风吹不熄的形象跃然纸上，一个健康向上、阳光率真的少年李白呼之欲出。

虞世南的《咏萤》则给人以有益的启示："的历流光小，飘飘弱翅轻。恐畏无人识，独自暗中明。"小小萤火虫，似乎微不足道，但它顽强地在暗夜发光，勇敢、轻灵地游弋于天地之间，执着地实现自己的人生价值。写此诗时，虞世南为弘文馆学士。他"志性抗烈"，笔下的萤火，不只是一只小小飞虫，而是有着雄心壮志、胸怀不凡的刚毅之士，是作者刚强忠直、胸怀不凡的人格象征。

月下微光，树中流星，不热不燃，无烟无臭。古人认为萤火虫生于腐草之间，却"虽缘草成质，不借月为光"，有自力更生的精神。《晋书·车胤传》记载："胤恭勤不倦，博学多通。家贫，不常得油。夏月，则练囊盛数十萤火以照书，以夜继日焉。"车胤囊萤夜读，勤奋好学，所以学识渊博。后人于是把书房称作"萤窗"，隐喻苦读不辍，亦砥砺世人像萤火虫那样努力发光，自强不息。

夜之萤，虽照不了方圆之地，却能映照自身行止。唐代诗人骆宾王在《萤火赋》中写道："类君子之有道，入暗室而不欺；同至人之无迹，怀明义以应时。"萤火虫携光华而自照，一身光明，一生光明，如有德之君子、无迹之至人，心中有尺，言行有度。这是在警示人们明人不做暗事，君子要光明磊落，堂堂正正。

萤火虫总以光华示人。鲁迅曾赞颂它："也可以在黑暗里发一点光，不必等候炬火。"其实，这正如鲁迅自己，以笔为刀枪，逆风呐喊。

著名词作家瞿琮在给志愿者创作的《萤火虫》里，演绎着它的精神："如果我不能成为一颗星星，在孔雀蓝的天宇上放光；如果我不能成为一粒钻石，在天鹅绒的背衬下闪亮。啊，我愿是一只萤火虫，在漆黑的旷野里飞翔；啊，我愿是一只萤火虫，带给夜行人一点光亮。"

谈到创作这首歌曲的初衷时，瞿老表示："我是一个老人，现在的光可能很微弱，但我们每个人都可以是一只萤火虫，只要愿意发光，就能够在别人需要帮助的时候提供一点帮助，给夜带来一盏盏闪闪游动的灯，去照亮每个有困难的人、需要帮助的人。"

当一只萤火虫遇到另一只萤火虫，它们聚成"灯塔""火炬"，就能给人们指引方向，送去光明。

忽然想起泰戈尔的诗句："你微小，然而你并不渺小。"

（刊于《中国纪检监察报》）

我的故乡

百湖公安，韶华流转；三袁故里，几度梦回。

隐隐叠山、迢迢绿水、青青草木，勾勒出一幅俊秀的泼墨山水图。

一次梦醒之际，乡音隐约缠绵成低沉的呼唤，如百年的荆江流水，盘绕在溅满月华的归乡之路上。

故乡，是一位清澈的诗人，在碧柳垂垂的春日，深情地写下相留相送的诗篇；故乡，是一盏如月的街灯，在冬日迷惘的黑夜，默默地照亮我的近路远程；故乡，是一树淡雅的桂香，在秋风送爽的日子，悄然弥漫在我的心田；故乡，是一潭潋滟的碧水，在荷香四溢的夏夜，轻柔地拨动我的心弦。

故乡的微风，梳理我如烟似絮般飘荡的思绪，一缕一缕在记忆的城池中静好如诗。

故乡的雨

倚窗远眺是一抹笼烟惹湿的浅翠娇青，密密雨帘斜织着幽幽心事，点点雨滴轻叩着青石绿苔，流年的回忆在迷蒙的记忆中不断回荡。

色泽或明或暗的雨伞在梅园小巷中载沉载浮，若瓣瓣落红细数着深深浅浅的愁绪。

以清亮之眼观朦胧世界，看袅袅烟雨亦如冉冉檀香，带一枕清梦携来"行到水穷处，坐看云起时"的悠然。

故乡的雪

风烟俱净，天山共色，漫天雪花骤然而至，如沙如絮，蓬勃疾飞，一望无垠。

万籁俱寂，雪片如玉。

皑皑白雪覆盖公安城，等百花千草孕育姹紫嫣红。

故乡的月

盈盈风华，白莲入湖；冷辉轻泻，寒意侵人。

独望清朗玉蟾，远方长袖独舞，裙裾飞扬。听琴瑟绕梁，渐渐随风飘散。

此时，竹影雕花水面飞，船舶有人举杯醉，一位江南女子浓笔淡墨勾勒出"疏影横斜水清浅，暗香浮动月黄昏"的韵致。

今夜，让清冽的月光，洗濯凡尘旧梦，烛照精神之旅。

故乡的秋水与落日

百湖纯净如璧，安若处子。

白雾缭绕着柳浪湖畔的婀娜细柳，湖面倒映着青山绿黛，茂密的芦苇绵延成一袭绸带，向湖心铺展开来，与满目的蓝天融为一体。

芦苇在孤寂中独守着对生命的敬意，坚韧的筋骨屹立于故土，拼凑成孤傲脱俗的乡韵。

我思念故乡酡红似醉的落日。

每当暮色四合，田野披上一层金灿灿的纱裙，薄若蝉翼，流光溢彩。

故乡的落日，没有残阳似血的悲壮，没有落日途穷的凄凉，也没有夕阳近黄昏的哀楚，只有生命回归原点的淡定与平静，悲喜如常。

咀嚼了生命的酸甜苦辣之后，故乡多了一份沧桑的妩媚。

故乡的人

农民锄头上泛着一缕秋光，浣衣村姑眉宇间透着一抹苍凉，衣香鬓影的女子涉水而来，白发苍颜的老者垂江独钓……

他们或着一袭青衣，水袖轻甩，曲眉善目，浅笑顾盼；或携一横玉箫，轻吟低和，倚栅追风，雅风和畅……

乡音悠悠，历久弥新。他们用清澈的眼睛咀嚼乡村的一草一木，用宽大的脚步丈量城市的车水马龙，用善良的心灵演绎生命的质朴与敦厚……

风，吹不走美丽；花，染不透乡愁；雪，掩不住清白；月，圆不了旧梦。

我的思恋，一直萦绕着这片肥美的土地，与故乡的潭影青荇、晓岚皓月、落霞飞雪相依相偎至永远。

（刊于《性灵文史》）

对联故事

读小学的每个暑假，我常常一个人端坐在父亲的书房里读书度日。

那时候，逢年过节，许多人会慕名前来向父亲求字。特别是在岁末时分，父亲最为忙碌。村子里家家户户都要来找他写春联，似乎已成惯例。

父亲每年会订阅各种对联书籍。心血来潮之际，我也会背诵一些，现学现用，摇头晃脑地去考表哥表弟。有一次我出了这样一个上联：

明日明月明

他们蹲在地上想了老半天，还是对不出，最后表哥说了一句：

大海大船大

显然有点牵强，我们都哈哈大笑起来。倒不如用"小河小鱼小"来对，还勉强对得上。

有时，父亲也会与我玩对对子的游戏。特别是一些特殊的对联，对起来很有趣，比如：

东南西北四季风，风送风风迎风，风送风迎乾坤改
山水天地无穷变，变演变变促变，变来变去道路通
铁锤打铁铲铁打铁
杉木修杉楼杉连杉

往往一些有趣或警醒世人的对联都来源于生活，所以父亲每周都会讲对联故事给我听，印象最为深刻的是下面这个故事。

　　苏东坡是北宋时期的文学家、书画家。他少年时就博览群书，才智过人，常常受人夸奖。好话听多了，自然渐生傲气。有一天，他乘兴在自家门前写了一副对联：

识遍天下字

读尽人间书

　　过往行人看了，有的夸这家出了能人，也有人摇摇头，觉得苏东坡海口夸得太大了。

　　有一天，一位白发老者登门拜访。见了苏东坡，老人说："听说苏才子学问盖世无双，我特来请教。"苏东坡见如此年长的人都来向自己讨教，心中十分得意。出于尊敬，他为老者让了座，问道："老先生可有什么疑惑？"老人没有说话，笑吟吟地捧过一本书来。

　　苏东坡接过书后，翻开第一页，头一行就读不下去了，为什么呢？有两个字不认识。越往下看，不认识的字越多。苏东坡脸上立刻红一阵白一阵，脑门上也沁出了许多汗。老人说："怎么，这些字连苏才子也不认识吗？"说完笑吟吟地走了。

　　苏东坡呆若木鸡，一时都忘了送客。等缓过神来，他恍然大悟，赶忙找来笔墨，把那副门联改为：

发奋识遍天下字

立志读尽人间书

（刊于《中国教师报》）

第一辑　明月光

坐在音乐之树上遐想

1

音乐于我，似微开的莲花、飘荡的晚风，是温暖和拯救，是激情与希望。

2

在音乐中悟道，晚风是有颜色的。

当生命一路铺展而来，光影斑斓。光，带着阴影而来，如同心里的微光和黑暗无法分离开来，会有照耀，会有遮挡，会有呈现。

一直在想，我是在释放本能，还是在抑制本能？抑或放，一直无法分离。每一种纯粹的存在，都相互融合，像黎明穿透黑夜的风，月光覆盖太阳的暖。

也许，纯粹只能是一种远距离所能看得到的光，那光芒越近就越暗淡，直至消失。

本能是什么？有人说是飞翔。于是我将飞翔理解为获得，获得隐秘的美。飞翔是一往无前的射线，如激光之眼。

想象一下，在一碗清水里，我们能看到什么？一定是自己的影像，而不是水。此时，水已失去意义。所以，人应遮蔽内心的尘，呈现最美的本质和自我。

也许，放弃本能，如水，浑浊的存在才是清澈。有时，节制如同无法流动的水。潭就在那里，等待积满落叶，等待干涸，又或者等待一场暴雨，冲开泥土，决堤而去，最后漫成无际的浑浊，终于放荡成渠。这样看来，好像又回归了本能。

有时，无法自沉亦无法安静。所有的感受、想象在生活的画布上都无法定格。已经成为回忆的，未来的，在这一刻的，都不是终结。

时光，每一刻都要在生命里涂上颜色，覆盖，再覆盖。

3

在《人世间》的和弦中悟道，人是谜。

悟道，悟什么？悟成寂静，悟成修竹，悟成一片枫叶，生长衰落，悟成一只大雁，南来北往。

我归来，带着天空的湛蓝归来。电闪雷响，风霜雨雪，再无法阻挡我的晴朗，我依旧湛蓝如海。

你归来，带着无际的宽与博而来，任漫山遍野的植物插入你的身体，任大树的根须植入你的身体，任再深再密的根须在你的心上缠绕成树，任你蓬勃，任你萧瑟，任生长一再地穿透你，再狠狠地砍伐你，让你笑让你哭。寂静和茂密，让你在时空中永恒绚烂，永远持久。你依旧无际，依旧在无际的空旷或蓬勃的土地上仰望。

我归来，带着明亮的双眼归来。

我看到烟，看到尘，看到你。于我，烟与尘已是一掠而过的风景。自从遇见音乐，即使我的眼睛里有整个世界的尘，那尘皆幻化成蝴蝶而去。

是的，一切皆化茧成蝶。这不是幻化，是悟道，是静。

也许，在某一个瞬间，我达到了。

旷野的微光

在旧书店淘得一本解玺璋的《一个人的阅读史》，全书分读我、读人、读文、读史四部分，主要讲作者如何读书，与莫言、阿来、韩寒等文化名人的交往和访谈，还收录了对一些著名作家的小说的书评和对历史书的书评及随笔。

我用一天时间读完该书，内心有一种豁然开朗之感，一个经常出现在心中的问题——"为什么写作"便随之出现。在这个"大师"林立的年代，我有时感觉自己就是一个孩子，一步步目睹旧的故事全部瓦解，新的文学大厦还未建立，作家该如何去面对无穷的未知与可能？

我对自己的写作一直不满意，因为最初令我震撼的文字在自己的作品中越发稀少。看着一捆捆发表的"豆腐块"，轻抚着书房里一部部百年经典，这难道就是我最渴望表达的情感？在心底种下的有骨气、有思想、有神采的文学梦想哪里去了？

想起一盏煤油灯，橘黄色的微光在堂屋里摇摇晃晃，它坚韧而执着地燃烧着，此刻的美丽世界全来自文字所构成的世界。我像饥饿的人扑在面包上，那些有趣且充满浓厚人情味、奇妙想象力的书籍，虽然有的已经破烂，但并不影响我的胃口，它们总是散发着好闻的香气。毫无疑问，它们就是我当时的名著。

文学给人向往，也值得依赖。《阿诗玛》里纯真的爱情及"断得弯不得"的民族精神与气节，《红楼梦》中蕴含着丰富的人情世故和历史文化，还有诗词歌赋、琴乐戏曲、礼教宗规、衣食医药、园林建筑……它们一次次唤醒童年时期的我，对大千世界最温情而丰富的想象，这不是子虚乌有，而是现实存在。

读师范的岁月里，我觉得书才是真正的灯，能照亮人的前路和内心。在寒冷的冬天，我可以不买一双棉鞋，但不能不买一本书。图书室是我每日必去的地方，我看见伟大的历史学家爱德华·吉朋，即使在行军打仗时也随身携带着贺拉斯的作品。我还看见英国女作家伍尔夫在《普通读者》一书中写道：万能的上帝看到腋下夹着书的读者走近时，只能转过身来，不无欣羡地对彼得说："瞧，这些人不需要奖赏，我们这里没有什么东西可以给他们，他们一生爱读书。"多么崇高的阅读礼赞！

脚步丈量不到的地方，可以与书一起去流浪。书里有看不见的人生，也有更真实的世界，正如诗人狄金森在诗歌中所颂扬的：

> 没有一艘船能像一本书
> 也没有一匹骏马能像
> 一页跳跃着的诗行那样——
> 把人带往远方

慢慢长大，慢慢领悟，慢慢过滤文学河流里的杂质，努力在诺贝尔文学奖作品的海洋里扬帆起航。很长一段时期，我常常哼唱着西北民歌或牧歌，体会其中的虔诚与感恩之情。这些来自灵魂深处的思想源泉，就像许巍在《蓝莲花》中所唱，没有什么能够阻挡，你对自由的向往……心中那自由的世界，如此的清澈高远……

阅读，是我永远的坚持，也是我对抗挫折和失望的手段，在有时看来十分糟糕的处境中，能促使我依然坚守对世界的想象和憧憬。

"阅读意味着接近一些将会存在的东西。"散发着油墨味道的卡尔维诺的《寒冬夜行人》一直伴我左右，它的名字还被我叫作"旷野的微光"。

如今，我不再奢望有朝一日写出"洛阳纸贵"的书，只希望每天快乐地匍匐前进，重新做一个读者，从《诗经》《楚辞》《史记》中汲取营养，重新认识和感受这个斑斓的世界，力求写出清新博大、意味隽永的作品。

（刊于《荆州日报》）

秋水文章不染尘

秋水是秋天的明眸，拨动着旷野的幽静神韵；秋水是诗人的心墨，书写着不绝的云帆沧海。秋水更是寂静的，将喧嚣归于沉寂，也把曾经的繁华潜藏于湖底。

说到秋水与文章的关系，不能不提清代大书法家、篆刻家邓石如的自题名联"春风大雅能容物，秋水文章不染尘"，其意境超凡脱俗、飘逸出尘，且含义隽永、不同凡响，外可以励人写清新文章，内可以正己做贤人君子。

文如其人，人如其文。邓石如的好友姚鼐这样称赞他："茅屋八九间，钓雨耕烟，须信富不如贫，贵不如贱；竹书千万字，灌花酿酒，益知安自宜乐，闲自宜清。"他的另一位好友师荔扉也为他写过两句诗："难得襟怀同雪净，也知富贵等浮云。"可见其不求闻达、不慕荣华、不媚俗世、恪守淡泊的胸怀与品质，也赞颂他勤勉高洁、特立独行、与世无争的一生。

邓石如酷爱书法，一刻也不敢懈怠。每日清晨，他磨满一大盘墨水，总是书写不辍，待其用干了才上床休息。后来，邓石如经户部尚书曹文埴介绍，有缘成为湖广总督毕沅的幕友，却因看不惯官场的群蚁趋膻，也不愿阿谀权贵，最终告归故里，返回乡间，从此再未踏入官场半步。

邓石如一介布衣，把功名利禄置之度外，全身心地投入到艺术的艰苦锤炼之中，不怕板凳一坐十年冷，"不慕富贵而自然隽永，不闹情绪而旷达平和"。不像当今一些"作家"害怕被遗忘、被冷落，热衷于上电视、获大奖，边写文章边想报酬，边动笔墨边思仕途，如此文句自然空虚浮躁，辞章肯定俗不可耐。

不禁想起战国时期的庄子，有一次他去见魏惠王，穿着粗衣布服，魏惠王很是惊讶："为何先生这般狼狈？"庄子倒是泰然自若："破衣烂鞋是贫困，精神空虚、道德低下才是狼狈，我只是贫困而已。"一副超然尘上的大鹏姿态。难怪庄子的文字意象雄浑激越，想象奇特丰富，情致旷达高远，给人以超凡脱俗之美感，其《庄子》更是代表了先秦散文的最高成就。

尘世纷扰，世事万千。倘若大家都治学而不恒、立志而不坚，或者慕浮华似蝶争、见利而忘义，又怎能写出不染尘的秋水文章？当研讨会成为拍马会和自我表扬会时，杨绛却说："我只是一滴清水，不是肥皂水，不能吹泡泡，所以开不开研讨会，也不是我的事情……"如今，还有多少人像杨绛一样淡泊名利、"万人如海一身藏"？她的著名小说《洗澡》就是典型的"秋水文章"，因为用词造句非常精妙，被誉为"半部《红楼梦》加上半部《儒林外史》"。

盈盈秋水映深山。秋水文章也不是随便就能写出来的，因为后面必定藏有一位温如春风、清如山泉、雅如幽兰的一等人物，正是他们酝酿出纯如璞玉、洁如冰雪、净如秋水的一等文章。如毅走"人间大隐"之道的李渔写出清新隽永的《闲情偶寄》，朴素温厚的朱自清写下感人心魄的《背影》，浪漫洒脱的徐志摩写出荡气回肠的《再别康桥》……这些文章或静若止水，或清淡澄澈，或返璞归真，其实无不蕴含着丰富的学养，闪烁着智慧的光芒。

"文光瑞气连天碧，楼阁功勋先世泽。"真正的秋水文章不但能映照出心灵的纯净、人品的干净、欲望的简净，还能反映出作者做人的本真、天性的率真、处事的纯真。它不趋时、不媚俗、不跟风，似与气质清新、风度清逸、谈吐清雅的君子谈心悟道，自然感觉春风拂面、神清气爽、口齿沁香。

淡泊者不为名利所累、不为繁华所诱，正似邓石如心无旁骛地钓雨耕烟、种花酿酒，浸润出经史子集里的书卷气质和仙风道骨，洗去庸脂俗粉、尘泥污垢之后，便空山新雨后，秋水文章生。

（刊于《荆州日报》）

字字珠玑数宋词

我年少时就爱研读宋词，常用毛笔小楷摘抄在素笺之上，端看词人斐然成章，写尽山河心事。

后知宋朝共历 18 帝，纵横 319 年，便想"以词为鉴"，知史明今。今年三月，我有幸淘得一套《全宋词》，得以感受苏轼、张孝祥、辛弃疾的"豪放"纵意，聆听李煜、柳永、晏殊、李清照的"婉约"灵性，一览大宋王朝的繁华气象和宋词的旖旎情怀。

首先说苏东坡，他是豪放派主要代表，为"唐宋八大家"之一，诗词、文章、书法、绘画无所不精，既能登朝堂治大国，又能入俗世烹美食，一生宦海浮沉、颠沛流离却宠辱不惊，一份"东坡肉"名扬千古，一首首宋词传遍大江南北。

苏轼不仅"以诗为词"，豪放杰出，而且善用典故。比如《念奴娇·赤壁怀古》中"大江东去，浪淘尽，千古风流人物……"景象开阔博大，感慨隐约深沉，将浩荡江流与千古人事并收笔下。还有意境哀婉的"但愿人长久，千里共婵娟"，读之味长，连绵不绝。

有个人自幼聪颖过人，被视为神童，《宋史》赞"读书一过目不忘"，《宣城张氏信谱传》说他"幼敏悟，书再阅成诵，文章俊逸，顷刻千言，出人意表"。他上承苏轼，下启辛弃疾，词写得豪壮典丽，如大海之涛澜，泰山之云气，他就是写下《六州歌头》的张孝祥，这首词让抗金名将张浚为之罢席，其拳拳爱国之心日月可鉴。

在十几年的官场生涯中，张孝祥虽几番起落，但他始终怀着"恻怛爱民之诚心"，可谓政绩卓著。他在荆州任上不过短短数月，却尽忠职守，大力整修军塞、筑堤防洪、建仓储粮，置万盈仓以储漕运。可惜天妒英才，卒年三十八岁，孝宗有用才不尽的叹息，南宋词坛也因此少了一段气雄调雅的故事……

"千古江山，英雄无觅，孙仲谋处……凭谁问：廉颇老矣，尚能饭否？"稼轩之词，雄矫而慷慨悲壮，恣肆而笔力雄厚，"隐栝经子语、史语、文语入词，纵横跳荡，如勒新驹"。

公元 1161 年，金主完颜亮大举南侵，才二十一岁的辛弃疾，率领五十余人袭击几万人的敌营，最终活捉首领，其英勇行为着实让人震惊。他一生以功业自许，却命运多舛、备受排挤。但他恢复中原的爱国信念始终没有动摇，而是把满腔激情和对国家兴亡、民族命运的关切、忧虑，全部寄寓于词作之中。因此，强烈的爱国主义思想和战斗精神是辛词的主调，他用"剩水残山无态度""斜阳正在，烟柳断肠处"等词句讽刺苟延残喘的南宋朝廷，表达他对偏安一角、不思北上的强烈不满。

辛弃疾暮年之时，仍旧壮志未酬，临终之际还在呐喊："杀贼！杀贼！"

"无言独上西楼，月如钩。寂寞梧桐深院锁清秋。剪不断，理还乱，是离愁。别是一般滋味在心头。"公元 975 年，南唐灭亡，李煜与小周后一同被俘至汴京，携手度过三年"日夕以泪洗面"的囚禁生活，可谓受尽屈辱。此时，他一改往日绮丽词风，不断反刍、咀嚼和审视自己的人生，写下一系列思念故国的诗词，也写尽了一个从天堂堕入地狱之人的撕裂体验。

公元 978 年七夕之夜，一杯"牵机药"让李煜魂归黄泉，他留下了"春花秋月何时了，往事知多少！小楼昨夜又东风，故国不堪回首月明中。雕栏玉砌应犹在，只是朱颜改。问君能有几多愁？恰似一江春水向东流"的旷世绝笔。

李煜虽是亡国之君，但受当时国势和历史发展趋势影响，他即使再有能力也无力回天，他并不是野史所说的"暗懦无能之辈"。所幸，他不仅孜孜儒学、虚怀接下、宾对大臣，而且工书善画、通音晓律，尤以词的成就最高，可以说空前绝后，再无来者。

"伫倚危楼风细细……衣带渐宽终不悔，为伊消得人憔悴。"公元 984 年出生的柳永，一生未得皇帝赏识，科考四次落第，为了生计不得不到处宦游干谒，以期能谋取一官半职。直到 1034 年春闱，柳永暮年及第，喜悦不已。后历任睦州团练推官、余杭县令、晓峰盐监、泗州判官等职，所到之处皆有政声，被称为"名宦"。

柳永曾自许为布衣卿相，也曾奉旨填词，以 213 首词、133 种词调、100 多种首创词牌，成为一代词宗。他心思细腻、浪漫多情，将宋词的旖旎多情写得入木三分，以致汴京的烟花巷陌，到处都在传唱。可以说，词至柳永，体制始备，令、引、近、慢、单调、双调、三叠、四叠等日益丰富，为宋词的发展和后继者提供了沉雄之魄、清劲之气、奇丽之情、挥绰之声……

"一曲新词酒一杯，去年天气旧亭台。夕阳西下几时回？无可奈何花落去，似曾相识燕归来。小园香径独徘徊。"晏殊五岁就能创作，十四岁就中举授官。他虽多年身居要位，却平易近人，唯贤是举，范仲淹、王安石等均出自其门下；韩琦、欧阳修等皆经他栽培、荐引，都得到重用。

晏殊有"宰相词人"之称，一生写下10000多首词，但大部分已散失，仅存《珠玉词》136首。《全宋诗》中收其诗160首、残句59句、存目3首。他的词，吸收了南唐"花间派"和冯延巳的典雅流丽词风，开创北宋婉约词风，被称为"北宋倚声家之初祖"。晏殊之词大多呈现出理性的反省及操持，也透露出一种圆融旷达之理性的观照，具有鲜明的个人特色，"昨夜西风凋碧树。独上高楼，望尽天涯路"（《蝶恋花》）、"念兰堂红烛，心长焰短，向人垂泪"（《撼庭秋》）等佳句广为流传。

"常记溪亭日暮，沉醉不知归路。兴尽晚回舟，误入藕花深处。争渡，争渡，惊起一滩鸥鹭。"说到宋代的女词人，肯定会想起李清照，想起她的《如梦令》和《声声慢》。

李清照有"千古第一才女"之称，被誉为"词国皇后"，曾"词压江南，文盖塞北"。她不但有高深的文学修养，而且有大胆的创造精神。作为婉约派的一代词宗，她的词作时而情辞婉转、浪漫典雅，时而清新绝美、意蕴深长，不管是少女时"却把青梅嗅"的聪慧羞涩，还是婚后"人比黄花瘦"的相思缠绵，抑或老年时"寻寻觅觅、冷冷清清"的凝重悲伤，她都把古典韵调与细腻琴心揉进作品内核，使词作散发着灿烂的光辉。

沧海桑田，世道轮回，却掩盖不了易安的芳华，她留给世人的《漱玉集》，如古灯明月高悬于历史浩空，照亮后来学者的前路和远方。

（刊于《荆州日报》）

读书的境界

一位作家朋友说，读书的最高境界，莫过于宋代大儒张载所云："为天地立心，为生民立命，为往圣继绝学，为万世开太平。"此句亦被冯友兰称作"横渠四句"，因其言简意宏，被历代仁人志士传诵不衰。

后研学王阳明，我发觉他读书有这五重境界：诚心——志在圣贤；记诵——开启本心，涵养性情，弘扬志向；无心之读——不为科考仕途所累；养不动之心——培养浩然之气；发明本心——心底光明，知行合一。

以上先贤读书之要旨，应是读书人追求的至高境界和理想高峰。虽趋于高大辽远，如日月般让人仰视与崇敬，但其上下求索之心和旷达通透之境，值得我们时刻铭记和追求。

古有"汗牛充栋""学富五车"，今有书通二酉、著作等身。面对浩如烟海、五花八门的各类书籍，选择性读书就显得尤为重要，这也是提升读书境界的关键一步。

钱穆先生曾说，不妨择读提高修养之书，多读《论语》《孟子》《老子》《庄子》《六祖坛经》《近思录》与《传习录》，因为中国传统的修养精义已尽在其内，读后能让人脱胎换骨，走上新的人生大道。的确如此，这些典籍所蕴含的人生哲学和处世之道，取其"一瓢饮"便可让我们受用不尽。

多读博闻类书籍也很重要。史传也好，经济也好，科学也好，法律也好，艺术也好，性之所近、力之所能，自会乐读不倦、读之不尽。日积月累，集腋成裘，必定"下笔如有神"，自不寻常。

也许有人会说，每天工作如此忙碌，哪有时间读书？见缝插针地读，足矣。

欧阳修有"三上"：枕上、厕上和马上。我们也可"五读"：上班坐地铁或坐公交车时读之，上洗手间时挤三五分钟读之，下班回家饭后读之，临睡前花一刻钟读之，节假日躺着、坐着、站着皆可读之。古人还有"三余"：冬者岁之余，夜者日之余，阴者晴之余。这都充分说明，时间恰如一块布料，裁制一套衣服后，余下的零头大可派作别的用途。

假若我们每日能挤出一小时，十年便有三千六百多个小时。一个人自二十六岁就业算起，到六十岁，便可节余一万二千四百多个小时。达尔文就是一个例子，他一生多病，每天只能工作一个小时，看十页有用的书。他每年可看三千六百多页书，三十年读十一万页书，最终成为英国生物学家、进化论的奠基人。

"读书之乐何处寻，数点梅花天地心。"倘若读书没有纯净的心灵、清醒的神智和高尚的境界，怎么能"绿满窗前草不除""起弄明月霜天高""迥然吾亦见真吾"？又怎么能用优秀的文化陶冶自己、用丰盈的情怀洗礼自己、用高雅的灵魂之光来照耀自己？

"书声浩荡，自书房上升"，自是一番境界。

（刊于《书法报》、湖北省纪委监委网站）

负薪挂角济沧海

明代一位叫蔡敬的清官，自幼苦读诗书，立志为国家效劳，无奈家中贫困，夜读无灯，只能到村旁小庙借助烛光读书，最终经过孜孜努力考取举人，后因为官廉洁正直、政绩显著，被提升为监察御史。

古人以勤奋读书改变命运的故事还有很多。如：战国的苏秦，头悬梁，锥刺股，成为合纵六国的政治家；西汉的朱买臣，自小家贫，但好读书，常常靠卖柴生活，后适逢汉武帝大力录用贤才，人生得以翻盘，其逸事成为典故；东汉的匡衡，凿壁读书，终成有名学者；北宋的欧阳修，四岁丧父，买不起纸笔，其母郑氏就拿荻草秆在地上教他写字，后唯读书是务，成为著名的政治家、文学家。

关于古人刻苦读书的成语更是数不胜数，如：囊萤映雪、韦编三绝、牛角挂书、程门立雪、圆木警枕、昼耕夜诵……可见，古人一直把苦读求学作为改变自身命运的重要途径，"朝为田舍郎，暮登天子堂"也是无数读书人的志向或梦想。

钩沉史籍，爬梳文献，无论是南朝梁元帝的怨叹"读书万卷，犹有今日，故焚之"，还是现代作家三毛所言"读书多了，容颜自然改变，许多时候，自己可能以为许多看过的书籍都成过眼烟云，不复记忆，其实它们仍是潜在的。在气质里、在谈吐上、在胸襟的无涯，当然也可能显露在生活和文字中"，抑或是当代杂文家陈四益所说"许多事情，过去有过；许多问题，前人想过；许多办法，曾经用过；许多错误，屡屡犯过。多读书，就会更多地懂得先前的事情，使自己不至于轻信，不至于盲从"，均充分说明读书之用不言而喻。

对嗜书如命的人来说，读书乃"安身立命"之本。英国作家科贝特有一次在书店用买面包的钱买了一本书，当时的科贝特生活困窘，但他却在面包与书籍之间选择了后者，无不令人感佩。记得自己刚参加工作时，每月工资才500余元，买书就要用去一半，有一回还购得一套380元的《史记》，导致当月常以快餐面果腹，但也甘之如饴。

以史为镜鉴，不好好读书走向亡国的例子就有一个。据《史记》记载："项籍少时，学书不成，去学剑，又不成。项梁怒之。籍曰：'书足以记名姓而已。剑一人敌，不足学，学万人敌。'于是项梁乃教籍兵法，籍大喜，略知其意，又不肯竟学。"项羽空有大志、目光短浅，学什么都是浅尝辄止、半途而废，后来四面楚歌、自刎乌江，空叹"骓不逝兮可奈何，虞兮虞兮奈若何"。难怪唐代诗人杜牧说项羽"卷土重来未可知"。其实，不善读书为项羽的一个致命弱点，这亦是"愚"症，唯有读书方能医治。

以人为楷模，东晋的郝隆树立了"独与天地精神往来"的超然境界。郝隆的家乡有七月七日晒衣服的习俗，而家贫的他却解开衣扣，袒腹躺在庭院中，悠然自得地大晒肚皮。邻居问他什么原因，他傲然回答：我在晒书。读书达到此种境界时，自然能"时止则止，时行则行，动静不失其时，其道光明"，胸怀"天地与我并生，万物与我为一"的格局，眼见"明月松间照，清泉石上流"的光影，耳闻"荷风送香气，竹露滴清响"

的天籁，感受"闲门向山路，深柳读书堂"的幽静。

读书可激浊扬清，滋养浩然正气。圣贤之书的浸润和洗礼，不但能培养"清风两袖朝天去，免得闾阎话短长"的乾坤清气、"粉骨碎身浑不怕，要留清白在人间"的阳刚骨气、"于人曰浩然，沛乎塞苍冥"的天地正气、"我自横刀向天笑，去留肝胆两昆仑"的浩然之气，还可激励从政者胸怀"子帅以正，孰敢不正"的道德准则，激励为商者自觉践行"炮制虽繁，必不敢省人工；品味虽贵，必不敢减物力"的诚信理念，激发持家者主动涵养"忠厚传家久，诗书继世长"的家风美德，如此才会党风正、政风清、民风淳，呈现"海上生明月，天涯共此时"的朗朗盛景。

"无用之用，方为大用"。长风破浪会有时，直挂"书"帆济沧海，达到理想的精神境界或生活状态应是我们读书的初衷吧。

（刊于《荆州日报》《荆州清风》）

第一辑　明月光

经历着异常美丽

张艺谋曾说:"几千年前的中医,早就提出'天人合一'的理念。"的确如此,岐黄之道,源远流长,博大精深,不但汇集了无数先贤医者的心血和智慧,还融合了儒、道、佛及诸子百家的学术精华,难怪有专业人士回应"读懂了中医,就读懂了人生,读懂了根深叶茂的中国传统文化"。

中医讲究望闻问切、辨证论治,药有酸、咸、甘、苦、辛五味,又有寒、热、温、凉四气,及有毒、无毒之分。正如写作,重视读听思写、锤炼顿悟,文有清、正、雅、俗、趣五象,又有优、劣、工、拙四类,及有味、无味之别。亦如多彩人生,蕴含琴、棋、书、画、诗、酒、花七雅,又有柴、米、油、盐、酱、醋、茶七俗,及生老病死、爱恨情仇、喜怒哀惧……

总之,久酿成佳酿,好饭不怕晚,正如中医文化,以及经过岁月打磨或浸润的人事风物,会在不经意间变得异常美丽。

如果阿耐没有丰富的社会阅历,对社会现状与时代发展缺乏深刻的体察和把握,怎会写得出《欢乐颂》《大江东去》《都挺好》等一批经典作品?如果屠呦呦耐不住寂寞与枯燥,没有几十年如一日的恒久探索,不能勇于面对质疑,为世俗所动,图"短平快",是绝对不可能发现青蒿素并获得诺贝尔医学奖的,更不可能让世界为之瞩目和惊叹。

无论是建功立业,还是著书立说,抑或是成人成才,皆需经历不断磨炼和沉淀，才会创造奇迹。

前几天，我与一位深圳的编剧朋友聊天，她说，一个编剧的生命力有多长久，得看他大脑里存储的"金矿"有多少，也就是心中有没有堆成山的故事。她说高满堂是她的偶像，一个曾经窝在十平方米的小平房里笔耕不辍的文学青年，经过一番"破茧成蝶"的痛苦煎熬，最终熬成了"金牌编剧"。

朋友还说，高满堂是一个有心人，是一个善于倾听的"记者"，更是一个"长跑运动员"。高满堂的《家有九凤》是他采访了几十个家庭，积累了四年才梳理出来的故事；撰写《大工匠》时，在工厂里断断续续地体验了近三年的时间；为了写好《闯关东》，走了七千多公里；写《温州一家人》时跑了国内十四个城市，又到法国、意大利、荷兰等与题材相关的国家做了更深入的了解；创作《老中医》时，更是到孟河医派的发源地江苏常州采风过多次。

我是一个执着追求考证的人，后来在各大网站和书店查阅了一些资料，发觉高满堂严格自律，从不重复做自己，是一位"写出别人没有认识到的东西"的作家。记者采访他，他说刚开始做编剧时，去采访都没人理他，他就带了四十包方便面、六十袋榨菜，一个人下到东北三省。这期间，他吃过很多苦，也遭过许多罪，还发过高烧，导致排尿困难，犯过胃溃疡乃至便血。他就是这样一步一步挺过来的。

高满堂说："编剧最可贵的就是经历，只有经历过才能产生感情，这些感情交织在笔下，自然成为感动人心的作品的一部分。不要说深入生活条件艰苦，那只是弱者的借口。"可见，当我们的才华还撑不起自己的梦想的时候，就应该坐下来，用心学习和沉淀；当我们的能力还驾驭不了自己的目标时，就应该沉下来，潜心历练和积累；当我们的情感还控制不了自己的生活时，就应该稳下来，静心修炼和等待。

经历着异常美丽，万般磨砺成就未来。

最能打动我的是加拿大作家爱丽丝·门罗。她一生笔耕不辍，没有一天停止过写作。当初有人说她不够聪明，不是写作的料，她不理会；有人说专写短篇小说得不了诺贝尔文学奖，她不为所动，埋头写她的"豆腐块"；有人说她是小地方的小作家，写的东西根本没人关注，她仍不受干扰，坚持不懈……终于在 2013 年，她获得了诺贝尔文学奖，被誉为"当代短篇小说大师"，可谓"苍龙日暮还行雨，老树春深更著花"。

"高山青松浩气存，枝干挺立扎根深。风雨摧残等闲过，血泪成脂馈后人。"不管处于何种行业，我们都不要浅尝辄止、蜻蜓点水，而要学雄鹰抓大地、青松立山岗，务必深深地扎根于地下汲取营养，任凭外界如何干扰与摧毁，都毫不动摇、稳如泰山、勇敢前行，定会赢得社会各界的尊重和支持，也将走得更稳、更远、更美。

（刊于《荆州日报》）

薄薄的故乡

黄金口先锋村——这个曾经美丽洁净的村庄，荡漾着童年记忆波纹的虎渡水乡，一度滋养了我的骨骼、血肉，还有灵魂。

村口，一只羸弱的小羊，朝我咩咩了两声后，钻进竹林中，没了踪影。我知道，这不是三十年前的那只羊，但这熟悉的乡音标示着我和这个村庄有着难以割舍的渊源。若是三十年前，婆婆一定拄着拐棍、踮着小脚，站在老宅中向村口张望了。

如今，老宅已年久失修，瓦砾残砖遍地皆是，门前的鱼池也快要干涸，几只灰色的荷梗屹立于鱼池中央。

走进老宅左边的果林，一棵棵给予我童年欢乐的柑橘树，倒是越发苍翠了。只是不见了深埋地下的梅花桩，还有那自制的刀、枪、棍、剑、锤、鞭、链、斧，也不知去了哪里。想当年，闻鸡起舞的我，希望练得一身硬本领，十八般武艺样样精通，长大后定要报效祖国……此时回忆起来，恍若隔世梦幻，叫人怎能不怀念?!

村里现在清静了许多，年轻人越来越少，大多走出去寻找新的生活，剩下一些老人和留守儿童在这里。

此时，虎渡河畔清风拂来。乡亲们蹲在防洪采石场上端碗吃饭的热闹场面已不存在，被孩童们攀爬不止的那棵坚韧的弯柳树也没了踪迹，只剩下深深的乡愁在我内心深处发酵。

我望着老宅，婆婆勤俭持家的身影历历在目。她从未远离过自己的故乡，一直在宽敞而清幽的庭院里缝制布鞋、自制笤帚、洗衣做饭、喂鸡养猪，甚至能根据鸡笼里发出的"咯嗒"声之高低、轻重来分辨鸡的大小与雌雄。婆婆日复一日地打理着生活，在这个村庄演绎着属于她的传奇。

很多时候，我们对亲人的付出习以为常、熟视无睹，我们逐渐变得麻木、冷漠，有些无法适应这个飞速发展的世界并开始恐惧。于是，我们一个个变成"同类人"，渴望荣归故里，光宗耀祖，扬眉吐气。

我走到老屋后面，只见脚下一方斑驳、缺口的石磨泛着寂寞的微光，就像千年古树的年轮，见证并记录着无法言说的历史与酸甜苦辣。亦如我，在多少个挑灯夜读的月夜，构思着多少稚嫩的作文和日记，抒发着并不成熟的道义与责任，如一叶载梦的小舟在黎明前的黑暗之中跌宕。

此刻，我想到威廉·福克纳在诺贝尔文学奖领奖致辞中谈到作家的社会责任时讲过的一段著名的话："作家的天职在于使人的心灵变得高尚，使他的勇气、荣誉感、希望、自尊心、同情心、怜悯心和自我牺牲精神——这些情操正是昔日人类的光荣——复活起来，帮助他挺立起来。诗人不应该单纯地撰写人的生命的编年史，他的作品应该成为支持人、帮助他巍然挺立并取得胜利的基石和支柱。"威廉·福克纳从健全人类精神、提升心灵境界的角度道出了作家的社会责任和文学使命。

想想自己，我怀揣着童年的文学梦想，为故乡写过多少熠熠生辉的文字？又写出了多少充满社会责任感的作品？眼见一轮石磨碾盘被科学技术变成一圈齿轮的时候，我该怎样把它们编织进我向往的生活？

我在故乡浩瀚的天空下行走，在巨大的沉默里行走，在一株经年的狗尾巴草上仿佛看到了一条长江，它的上游有星星，下游有码头。

不一会儿，我遇到一位牵牛的乡民，他说不能让这些土地和水池闲着，土闲了会长草，池闲了会发臭；我也不想让自己闲着，那会难受得不行。多么生动朴实的语言！这不就是自己苦苦追寻的走失的语言吗？

隔壁人家的大门新贴着一副对联：共植扶贫千叶树，齐开致富万年花。乡村之变，扶贫为证。三十年前，我的堂弟还是一个流着清鼻涕的憨娃，而今在党和政府的关怀与扶持下，一举成为养虾大户、致富能手。今年，他又养了几十只黑山羊，挥舞着麻鞭，哼起了民歌，生活越加丰富而滋润起来。

从乡村人事风物中，可以纵观历史。爱好写作的我，是不敢有丝毫懈怠和敷衍的。这薄薄的故乡，蓄满了我童年的欢乐和生命源头的清澈，那里有我最初的梦想，有忘不掉的亲情和友情，有大量的厚重故事等着我……

所有回忆，皆成过往；所有过往，皆为序章；所有将来，皆是可盼。仰望故乡的星空，耀眼不落的北斗星，正为谁固执地指引着方向呢？

（刊于《荆州日报》）

第一辑 明月光

书藤绕屋笔连云

曾国藩说:"人之气质,由于天生,本难改变,惟读书则可变化气质。古之精相法者,并言读书可以变换骨相。"何以变得文雅、高雅、风雅,何以知书达理、腹藏气华、脊撑风骨,唯有饥读当食、寒读当裘,唯有明灯常作伴、益书常为朋。

读书有三种境界。清代文学家王国维在《人间词话》中说:"古今之成大事业、大学问者,必经过三种之境界:'昨夜西风凋碧树,独上高楼,望尽天涯路。'此第一境也。"即潜心问学首先要有执着的追求,再登高望远,瞰察路径,明确目标与方向。"'衣带渐宽终不悔,为伊消得人憔悴。'此第二境也。"即成功不是轻而易举,随便可得的,必须矢志不移,孜孜以求,直至人瘦带宽也不觉得后悔。"'众里寻他千百度,蓦然回首,那人却在灯火阑珊处。'此第三境也。"即最终境界,意思是要以恒久专注之心反复探索、研究、磨砺,自然会豁然贯通,有所发现开悟,就能够从必然王国进入自由王国。

也有作家说,读书有四种境界。"'孤舟蓑笠翁,独钓寒江雪'此乃第一境也。"即守住心灵深处的宁静与纯真,甘于孤独,耐住寂寞。这是一种"板凳甘坐十年冷"的读书境界。"'采菊东篱下,悠然见南山'此乃第二境也。"即沉醉其中,废寝忘食,乐而忘忧,真可谓"江山如此多娇,风景这边独好"。这是一种"书人合一"的读书境界。"'会当凌绝顶,一览众山小'此乃第三境也。"即读书读到一定的程度，就会高屋建瓴，思接千载、视通万里，显示出博大的胸怀和宏伟的气魄。这是一种超越自我、超越现实、超然物外的"天人合一"的至高境界。"'欲穷千里目，更上一层楼'此乃第四境也。"即人生有限、学海无涯，山外有山、人外有人，知识永无止境、学山峰峦叠嶂。这是一种超越时空的"时人合一"的至臻境界。

对我来说，日久不读经典，便觉灵魂蒙尘，正如习武"一日练一日功，一日不练十日空"。三十余年读书愚见，我发觉读书也有这十大益处：一可医愚，世事洞明；二能知礼，文质彬彬；三可进德，忠诚立信；四能守节，富贵不淫；五可启智，通古变今；六能革新，独抒性灵；七可知行，经世济用；八能安身，立命生民；九可养气，净化灵魂；十能美容，气质高华。

"少儿读书，开其大窍；青年读书，明其远志；壮岁读书，增其胸智；晚来读书，乐其身心。"人生每个阶段，读书感受和作用也有所不同，但对嗜书如命的人来说，其滋味无不悠长、甘之如饴。难怪古人说：三日不读书，便觉言语无味，面目可憎。

书读得多了，就有强烈的创作欲望。曹丕在《典论·论文》中说："盖文章，经国之大业，不朽之盛事。年寿有时而尽，荣乐止乎其身，二者必至之常期，未若文章之无穷。"意思是文章是关系到治理国家的伟大功业，是可以流传后世而不朽的盛大事业。人的年龄寿命、荣誉欢乐都有一定的期限，不能像文章那样永久流传无穷期。阿根廷作家博尔赫斯说过："我写作不是为了名声，也不是为了特定的读者，我写作是为了光阴流逝，使我心安。"这是一位淡定的作家。巴金说："我写作不是我有才华，而是我有感情。"可见巴金真我不藏，不故弄玄虚。

读书，写作；写作，读书。对我来说，面壁读书是我生命和灵魂的需要，就像空气、阳光和水，一刻也不能离开。写作照亮了我的生活和远方，使我有勇气和力量面对一切艰难挫折和孤独暗淡……

读书与写作相辅相成、相互滋养。明代民族英雄、诗人于谦在《观书》一诗中写道："书卷多情似故人，晨昏忧乐每相亲。眼前直下三千字，胸次全无一点尘。活水源流随处满，东风花柳逐时新。金鞍玉勒寻芳客，未信我庐别有春。"书痴者文必工，读万卷书气自华，创作就像永不枯竭的涓涓源泉、取之不尽的精神宝藏。

著名作家麦家曾说："一个人一辈子精读100本甚至50本就足够了，但为了精读这50本，是从广泛的500本5000本中淘出来的。这50本是你的方向盘，让你不会迷失。"可见精读经典作品显得尤为重要，那些经过时间的淘洗与筛选留下来的经典作品，必定有着最伟大的思想、最丰富的内涵、最高尚的品格……

"勤者读书夜达旦，青藤绕屋花连云。"这个充满希望而生机勃发的年代，需要更多的作家用思想和灵魂来写作，需要更多的读者用阅读来增强生命与精神世界的韧性，增加它们的广度和深度，更需要我们重温经典，以书立命。

(刊于《楚天风纪》)

枕上诗书闲处好

"惟书有色，艳于西子；惟文有华，秀于百卉。"读书可以益智、养心、美容，所谓的书卷气自有一种迷人的优雅。拥有了书卷气，便消除了傲气、燥气、俗气；拥有了书卷气，便增加了静气、灵气、清气。

如何读书？古往今来，论述者不计其数。精读也好，略读也罢，都有其理。何况，中外书籍浩如烟海，并无最好的读法之说，"适合自己"的就是最好的。

《三国志·诸葛亮传》中记载，诸葛亮与石广元、徐元直、孟公威一起读书，"三人务于精熟，而亮独观其大略"。传记中的诸葛亮读书，表面上看是泛读，其实是说他涉猎广泛。对一些治国平天下的圣人之书，他肯定是下了一番苦功，否则何来"运筹帷幄之中，决胜千里之外"的宏韬大略？

读书，懂得取舍是一种智慧。一个人的水平高低，不在于读了多少书，而是看从中汲取到多少"营养"。走马观花、蜻蜓点水式的读书，不能说没有收获。但带着一颗汲取之心读书，将收获更多。细细品、认真记、用心想，哪些能为我所用？哪些为我所弃？在一取一舍之中自然提升了读书水平。

阅读思想深邃之作，首先要身心融入进去，与作品中的人物同喜同乐、同悲同苦，方能体会和揣摩作者的意图和妙处。一些经典作品，可能读几遍才略知一二，如果随意对其指手画脚、妄加评议，不免令人贻笑大方。站在作者的角度理解作品，随着时间的延伸和阅历的增长，感受也大不相同，这也正是我们阅读经典作品的妙趣所在。

四季择读也是一种讲究。清代文学家张潮在《幽梦影》中说："读经宜冬，其神专也；读史宜夏，其时久也；读诸子宜秋，其致别也；读诸集宜春，其机畅也。"意思是：冬天室外寒冷，只宜在室内活动，身心无外物的干扰，最适合集中精力研读儒家经典；夏天白昼长，读书时间是最充裕的，而历史事件往往因果复杂，最需要费时梳理，因此夏天适合读史；秋天适合读诸子，经书与子书都是反映古人思想的作品，但两者又有不同，正如冬天和秋天的景致不一，读书的兴致自然也是有分别的，经书与子书也该在不同季节阅读；春天是万物勃发、生机盎然的季节，最适合阅读那些充满想象力的文学作品了。

现实生活中，有的人读书多，但顶多是个书橱，没有独到的观点，人云亦云，终无所获；有的人阅书少而精，但善于思索、勤于感悟，便读有所得、学有所成。

读书，应"居敬持志"，带着人生阅历去读，方能体会"野蔬村酒有真味，断石枯藤无俗情。竹宜著雨松宜雪，花可参禅酒可仙"的书中境界。正如从"少年不识愁滋味，为赋新词强说愁"的人生初级境界进入"而今识尽愁滋味，却道天凉好个秋"的高级境界。

"枕上诗书闲处好，门前风景雨来佳。"闲暇之余，风声雨声读书声是最令人心醉的天籁之音。人生短暂，如何增加生命的厚度、宽度和广度？读书不失为最佳选择。

（刊于《中国纪检监察报》）

黄山一点青

湘鄂边的黄山，相比安徽的黄山，没有千峰竞秀，万壑峥嵘，也没有奇松、怪石、云海、温泉这"四绝"，但它山水相连的秀美中，有一股浩然之气。

湘鄂边的黄山，位于公安县最南端，东临藕池河，北接藕池镇积玉口村，南与湖南安乡县黄山头镇毗邻，西傍虎渡河。山上物产丰富，植物种群主要有松、杉、樟等树种及竹类，共有乔木、灌木 116 种，其中有水松、金钱松、红果冬青等珍稀树种。另有爬行类动物 31 种、两栖类动物 7 种，兽类 37 种、鸟类 130 余种。境内还盛产红头蜈蚣、寻骨风、对月草等名贵中药近百种。

自古以来，无数文人墨客聚集黄山，把酒临风，吟诗作联，留下"江河数片白，黄山一点青"的佳句。黄山头的山，百看不厌。站立于山脚，扑面而来的是翰墨气息；登上极顶，峰峦起伏间写满诗情画意。

禅竹山是黄山的一座小山，也就是子山。初看禅竹山，内心有些小失望——这些柔美秀逸的竿子，能撑得起山的神韵？从远处看，它们郁郁葱葱，重重叠叠，一眼望不到头；到近处看，根根修直挺拔，超凡脱俗，好似隐居的世外高人。

原来，这座小山与竹子有关。山里一位老人讲，很久以前，一个叫李悟成的少年，跟随一位大师学武。他在竹林间苦练不辍，足足撑了十年。有一天，他实在坚持不下去了，便跪于师父面前，问道："师父，我每天从日出练到日落，从无间断，怎么没有进步呢？"

大师捻了捻胡须，说："你很勤奋，是个好徒儿。你知道吗？这山里茂密的竹子，当年我把它们种进土里后，每年都纹丝不动。我每天清晨打水灌溉，足足等了十二年。直到有一天清晨，我看见它们探出地面，用了六个星期，便长成你现在所看见的样子。"

大师笑了笑，说："孩子，虽然我们眼前所见，好像只花了六个星期，但实际上，它们一共用了十二年又六个星期……前面的十二年，它们默默无闻，向下扎根，蓄势待发。你能说这是毫无作用的十二年吗？"

少年这才恍然大悟。

之后，此地名曰"禅竹山"。

听了这个故事，同行的一位作家说，天下武功出少林，竹林绝技在黄山。我们都笑了。

来之前，我就听人这样形容黄山头镇：山在镇中，镇在山中，水中是镇，镇中是水。这次一看，的确是"水绕青山山绕水，山浮绿水水浮山"。我们驾一叶扁舟，从山峰倒影间驶过，如穿行在一幅水墨画中。我不禁想起"分明看见青山顶，船在青山顶上行"的诗句来。

不远处，茶农正在给茶树锄草、剪枝，夏茶即将上市。剪枝的机器，似乎比风还快，一眨眼的工夫，山头的绿色被剪成了褐色。年轻的茶农经过岁月的洗礼和浸润，深谙茶之哲学：茶胚久经炒制，做人要实践锤炼；茶叶脱俗清香，做人需诚信恭敬；茶片深潜下沉，做人需谦和低调；茶树孤洁无欲，做人要洁身自好；茶水清新明净，做人要淡泊守正……

禅竹山的草木，分外鲜活，滔滔江水为之沸腾、澎湃。

这儿还有一个爱国主义教育基地——荆江分洪工程。荆江分洪工程始建于1952年春末夏初。30万人靠肩挑背扛，以75天的惊人速度建成了荆江分洪区主体工程——进洪闸（北闸）、节制闸（南闸）。208公里长的分洪区围堤围成一座天然蓄水库，蓄洪容量54亿立方米，两闸守护着江汉平原、洞庭湖平原的千百万人民的安全。当时，涌现出劳动英雄、劳动模范1.2万余名，其中有"父子英雄""夫妇模范""光荣兄妹"等。如今，那段波澜壮阔的岁月，已融入每日的安宁祥和之中。人们不会忘记，这里曾诞生一种伟大的"荆江分洪工程精神"。

那些坚定执着的背影，那些流动不息的血脉，以青山、绿水特有的风骨，铸就了如此浩瀚的星辰过往。

黄山的寸土寸山，刻下这永久的记忆。

傍晚时分，夕阳渐渐落下，晚霞映红了天空。一群女人从山上走下来，一路嘀嘀咕咕，叙说着今年的茶叶收入，操心着家里的家长里短。她们的声音，在群山万壑中热烈回响。我摸一摸身旁的草木，沾了一指新绿，染了一掌清香。

（刊于《楚天都市报》）

方寸光影见匠心

皮影戏始于战国，距今已有 2000 多年历史，2011 年入选人类非物质文化遗产代表作名录。有专家说，中国皮影这门艺术，作为一项完整的剧目，比莎士比亚的戏剧早 1800 年；它使用的影像，比卢米埃尔发明的电影早 2000 多年……它集文学、美术、音乐、雕刻于一体，一张幕布、两盏白炽灯、三五位艺人、七八件简单乐器，把人间百态、万千历史在六尺台上缤纷呈现。

因工作关系，我拜访过公安县的一位叫张耀明的民间老艺人，才知道什么叫"方寸光影见匠心"。

张老家里珍藏着一个大木箱，里面装着他亲手做的皮影子，他要定期给他们上油、打蜡或修理。他说，制作皮影是一个复杂、奇妙、严格甚至苛刻的过程，要经过选皮、制皮、画稿、过稿、镂刻、敷彩、发汗熨平、缀结合成八道工序，手工雕刻3000 余刀。所有工序中，画稿最重要。女性发饰及衣饰多以花、草、云、凤等纹样为图案，男性发饰及衣饰则用龙、虎、水、云等纹样为主。一张没有灵气和生气的皮影，师父是坚决不予上影的。所以，老人家不断汲取汉代帛画、画像石、画像砖和唐宋寺院壁画的手法与风格，逐渐掌握了刻画皮影人物的精髓，才在幕布上呈现出千姿百态、奇妙多彩的艺术形象。

后来，我又接触了一些本领高深的皮影艺人，发现他们用一生的光阴，追求一个"活"字，也就是皮影的生命力。他们能同时操控七八个影人，手上舞、打、抖，嘴上说、念、唱，脚下踩、蹬、踢，在操纵影人、乐器伴奏和道白配唱间游刃有余。武打场面紧锣密鼓，气势磅礴，枪来剑往，上下翻腾；文场则音韵缠绵，声情并茂，滴水不漏，扣人心弦。

大师，定当如此。

艺人们最初拜师学艺时，为了练好手上功夫，往往一个武打动作得苦练上千遍：白天，借助太阳光在土墙上练习；晚上，蹲在煤油灯旁挥舞至深夜。最考验技法的是唱腔，要中气十足、感情充沛，常以和声接腔、帮腔和鼻哼余韵来演绎。最难的是频繁变换声道，以及假扮女声、动物等不同音色。只有博采众长，研究掌握各流派的风格和韵律，在阿宫腔、碗碗腔、秦腔等数十种唱腔中浸润沉淀，才能达到游刃有余的程度，就像把皮影从左手传递到右手。

前不久去了一趟仙桃，我被沔阳皮影浓郁的民族气息折服。它融传统绘画、雕刻、美术于一体，集现代电影、动画于一身。戏中的人物、动物和道具在黄牛皮上以雕花剪纸的工艺手法精心雕刻而成。正派人物用阳刻手法，花脸、丑角等用阴刻手法。文影装一只手，武影装两只手。它以渔鼓腔、歌腔为主，配打击乐伴奏，以一唱众和的形式表演，与公安皮影如出一辙。渔鼓腔融合了沔阳花鼓戏、汉剧、楚剧等唱腔，具有节奏欢快活泼、曲调高亢等特点。艺人大多根据历史故事梗概临场发挥，通常一韵到底，通俗易懂。有时还即兴"搭白"，如"唱了这一会，茶水无一杯，虽说东家茶水贵，可用罐子煨"。而歌腔中的鸡鸣腔独树一帜，拖腔如鸡，引吭而鸣，高亢婉转，激昂圆润，源于《四面楚歌》，是我国传统音乐中几近失传的活化石。

近年来，为不断传承与发扬民俗皮影，公安县在乡村振兴战略中也探索增加了皮影元素，乡村设立的文化屋、民俗馆、村史馆里，均有皮影戏的一席之位。同时将乡村旅游与"三产"有机融合，请来老艺人定期表演皮影戏，不断激发提高乡村振兴新动能，让这些本土的、充满智慧与乡愁的民俗文化在千年古县重焕异彩。

令人深感意外和惊喜的是，今年2月下旬，张老赠给我一本他自己辑录的《耀明皮影》。他为了不让这门手艺失传，可谓用心良苦——他一直都在义务给中小学生们表演皮影，免费教唱皮影，将皮影课堂开进校园，誓要让这门中国传统艺术薪火相传。

影子戏正在一场场上演，"十里八乡说鼓子，村村垸垸演皮影"的盛景，正在三袁故里赓续。

（刊于《楚天都市报》）

善良的力量

我深信，每个成功的作家，在他人生独立瞭望的峰峦之间，都能以"发现美的眼睛"抵达文学的堂奥。他遵循真与善的命意，这源于他的悲悯情怀、侧隐之心和正义风骨。唯有如此，才能孕育干净纯粹的文字。

我一直认为，在所有的文学文本中，一篇好的散文，犹如在黑暗的丛林中看到的火焰般的圣洁思想。它能用语言的明矾使一片浑浊的河水回归澄澈，在战争的狼烟中找到一个个令人战栗的词。沈俊峰的散文集《在时光中流浪》，就是他在饱尝了人间冷暖、尽观善恶美丑之后，以文学之善、正义之笔，发出的由衷感喟和情不自禁的心灵沉吟。

《在时光中流浪》一书，选取沈俊峰发表于各类报刊的散文结集，并由著名文艺评论家、作家古耜作序。全书共 57 篇散文，既有作者关于童年旧事、青春的启蒙阶段和亲情的忆念以及对故乡人物的素描，又有作者对山水的描画、对旅行的记录，也有作者对生活的深层感悟与思考，是一种不断寻找精神的复归与反探，是一种心灵的放牧与历练，浸透着作者在人世间不断延伸的真情感和无法克制的文心善意。

该书笔墨清新，始终用真诚的情怀表达自己，令人耳目一新，给人带来情感上的滋润和精神上的抚慰。这与沈俊峰先得敦厚家风、安徽山水之灵气的沁润、后在《中国纪检监察报》

主持《人物》《文苑》栏目有密切的关系。

　　作家沈俊峰，拥有比较丰富的工作经历和生活阅历，他在大别山区做过人民教师，在安徽省城合肥当过政工干部，编过文化期刊，后定居北京，供职于《中国纪检监察报》。在漫漫人生旅程中，他多次举家迁徙和转换角色，他也遇到过许多挫折和不如意，也有纠结与困惑。但所有的这些"不完备""不完美""不理想"，"都不曾消解他几乎是与生俱来的那份正直和善良，更没有让他改变一向恪守的积极、热忱和健朗的生活态度。反映到散文创作中，便是其字里行间总有一种春天的气韵，一种阳光的色调，一种清正、激扬和向上的力量"。

　　在沈俊峰浩渺的思想世界里，我可以感知到一个如苏轼般安放的灵魂。他努力探寻着美学、人学、文学，坚决摒弃狭隘、虚伪、庸俗。可以说，该书是作家心灵的流浪，也正如古耜所说，该书"虽然展示了多样的社会场景和缤纷的生活画面，但贯穿其中的最基本的主题指向，却是作家对生命历程的深情回眸、对生活馈赠的欣悦收藏、对内心世界的精心打量，即一种穿越时光河流的诚挚的人生盘点和潜心的精神备忘"。难怪作家在书中后记里说：我是始终在文学的边缘转悠。这种状态，我感觉就像是在时光中流浪。对于时光，我常常有一种恍惚，过去了的，像云烟散去，时常模糊。只有在这些文字中，我才会触摸到自己内心与情感的某些意绪和存在。

　　读《难忘一件事》，感叹父辈们友谊的可贵。为了早日与爱人在省城团聚，父亲的老同学——身为大型国企主要领导的王书记，帮"我"联系到工作后调转。因属于私事，他坚决不乘公家的小车，而情愿在炎炎夏日与"我"去挤公交，这段经历让"我"终生难忘。读《春天的记忆》《尘封的记忆》《我梦见的那个人》等文，或回忆老师对皖西历史的艰辛探索，或缅怀大别山革命先烈的大无畏精神，或描写"一辈子能做一个好人"、能让"我"梦见的老杨头，均通过作家记忆的发酵与笔尖的聚焦，为读者提供了一个个可以"呼吸的世界"，直接展现了作家的澡雪精神、济世情怀与向善人格。

面对生存现实，沈俊峰直陈社会积弊，抨击人性暗靶，呼唤公平正义。譬如《生命之光》剑指医疗"痼疾"，医院里治病救人的医生因玩忽职守，结果让两条年轻生命意外夭折。《一次失败的采访》见证了弱势群体的无奈和悲哀，作者义愤填膺、感慨万千，以记者身份连夜整理材料，呈递给时任省政法委书记，正义没有迟到，检察机关做出了对犯罪嫌疑人进行批捕的决定。《乡村的疼痛》刻画了"使坏者"的阴损、虚伪的丑恶嘴脸。《寂寞映山红》鞭挞了某些人不顾一切向钱看的自私与贪婪。《我的朋友黑漆漆》讲述了猫的骨气、感恩与"自由之精神"，阐明做人要不卑不亢、率性本真，不要做见风使舵的墙头草。诸如此类作品，深刻揭示了当下一些区域的精神症结和社会问题，折射出沈俊峰内心始终"在场"的忧患意识和正义良知。

沈俊峰还进行了多方面的尝试和探索，也收获了堪称丰厚的艺术成果。他先后出版了散文集《心灵的舞蹈》，报告文学集《梦如花开》《生命的红舞鞋》，长篇报告文学《正义的温暖》，长篇小说《桂花王》等。他还获得了第五届中国报人散文奖、第七届冰心散文奖。《在时光中流浪》显然更接近他的内心世界，更具有善的力量，也更能显出他的精神品质与人文情怀。

（刊于《荆州日报》）

第一辑 明月光

读书与写作

如果这个世界没有书，我不知道该走向何方。正如一剑穿石的剑客没有剑，他无法抵御敌人。

有时候，一人静坐书房，在《王子猷雪夜访戴》的故事里"乘兴而行，兴尽而返"，感受不拘形迹的"魏晋风度"，在叶绍袁的《夜中偶起》里看白月挂天、频风隐树、渔棹泼剌，在苏东坡的《中山松醪赋》里听"大海风涛之气"、观"古槎怪石之形"……

很多朋友问我，为什么坚持写作？答案很特别，因为小时候父母都忙，常常留我一个人在家，没有人陪我玩，我需要表达，于是选择了笔墨纸砚。

村上春树曾说，事物必须兼具入口和出口。每个人总会主动或被动接受许多东西，得出一些感慨，这是入口。悲观之人得出人生是徒劳的结论，乐观的心灵相信未来无限美好。倘若只有一个入口，各色事物涌进而不能排出，总有一天人会生病。所以人需要倾诉，这是出口，谁都需要。写作大概就是这样一个出口。

写作是一件让人很孤独的事。很多时候，特别在夜半时分，我用写作来表达我的存在、我的思想、我的努力、我的向往，以及我在一个时期的状态境遇和感悟得失。

有人说生活是一场修行。对我而言，写作就是修行的感悟，是证明自己有追求、有梦想的最好方式。虽然，这一过程漫长又迟缓，但我深知，锻造一位作家的过程，就是以无法辩驳的文字，通过不断挖掘思维技艺来展示与生俱来的本领的过程。

在冬夜里写作，最能体会曹雪芹写《红楼梦》时的心境，他用"字字看来皆是血，十年辛苦不寻常"的恒久执念和穷困潦倒的生命对待每一个字，用后来的震撼使前面的痛苦变得意义非凡。

在秋夜里写作，我尝试以新的语言独创新的作品，努力探索人类经验的边缘和独特性。我读师范时，欣赏一直在"学习写作"的海明威，他每一页稿纸只写 90 个字，以便留出大量空间来反复锤炼加工。他经常用一只脚站着写作，迫使自己处于一种紧张的状态，以尽可能简短地表达自己的意思。因为崇拜而模仿，加上酷爱武术的缘故，我夜夜坚持扎马步写作，这样既可强身健体，又可锻炼文笔的"下沉力"和"坚固性"。

在夏夜里写作，我喜欢打着赤脚，光着膀子，俨然一名神秘而洒脱的"剑客"。很多时候，我都难以定位自己的气质，像飘忽不定的云，有时如孩童般敏感、情绪化，甚至异想天开；有时莫名地成熟、温和与执着，对新事物孜孜不倦，对旧事物持续探索，所幸未对完美的局面失去控制；有时还有无意识的害羞、难以捉摸的傲慢、不易沉淀的激情。

作家是可以训练出来的，使文字臣服于不同的领域、禀赋是可能的。

在每一天的某个时间段，有的写作者喜欢想入非非，陷入离奇的幻想不能自拔。不要紧，引导它，训练它，或许可以写成一部伟大的长篇小说。只要抓住一个个激动的瞬间、闪烁的灵感和生发的意念，通过有意识的锤炼，忍受乏味的冷板凳，把它转化成文字，也许能创作出非凡之作。

我习惯早起写作，每天凌晨五点起床，不用闹钟，到点了从床上自然弹起，喝一杯温开水，压腿、拉伸筋骨、三指倒立，然后拿起笔和纸，把昨夜的梦、今天的想法或昨天与人谈话的重要内容记录下来，每天写2页，每页300余字。其实，这种最纯粹的私人写作也叫"写日记"。我所熟悉的作家，都有这样一段很长的前史，这决定了他们后来成为作家不仅仅是为了谋生，也不是为了出名，而是灵魂的需要。

我认为，写作归根结底是在书写自我、驯化自己，书写自我的人生感悟和自我的情感世界。我们爱过的人、看过的书、赏过的景、吃过的美食，都可以写。我们写得多了，自然熟能生巧。

除了坚持写作，我每天必须读一些书。读书最忌"过眼云烟"。我会拿起圆珠笔和信纸，对读过的每一篇文章写一个简短的评论，摘抄最能打动自己的语句，留意其无缝的镶嵌之妙。对经典文章，必须读到滚瓜烂熟，再认真分析它的语感、整体风格，努力探寻深藏其间的模式与秘密。

用生命拍电影、对电影追求到极致的王家卫说，一些导演越走到后面，越想追求圆满，往往顾虑越多，越放不开手脚，但圆满是很虚幻的东西，一味求全，等于故步自封。写作也一样，不论是刚开始写作的新手，还是略有成就的作家，动笔之前，千万不要有写出"天下第一文章"的想法。

写作是修行，是为了研究我们自己，需要高度自律，容不得喧嚣与勉强，唯有处于自然沉静之态，达到"人文合一"，才能把内心最光明、纯净的世界表现出来。正如卡夫卡说："靠写作来认识自己的本然、来辩证自己的责任与自由的书写者依然存在。"

读书，写作，重复着重复，开始着结束，结束着开始，对我来说永远充满渴望，直到生命最后一息。

（刊于《厦门文艺》《荆州日报》）

朱熹的读书方法

说到读书之法，不能不提南宋著名的思想家、哲学家、教育家、理学家和诗人朱熹。他一生著述甚多，影响最深远的是《四书集注》，此书是当时钦定的教科书和科举考试的标准。

朱熹自小酷爱读书，堪称勤奋好学的典范。他十八岁考中进士，曾任江西南康、福建漳州知府和浙东巡抚，所到之处无不为官清正、廉洁奉公。朱熹后官拜焕章阁侍制兼侍讲（职同副宰相），还为宋宁宗皇帝讲过学。他在长期的治学求知过程中，总结出一套独特的读书方法——朱子读书法，后被其弟子概括为"朱子读书六法"，即：循序渐进、熟读精思、虚心涵泳、切己体察、着紧用力、居敬持志。

循序渐进法。朱熹指出："读书之法，当循序而有常。""以二书言之……通一书而后及一书。以一书言之，则其篇章文句，首尾次第，亦各有序，而不可乱也。""如攻坚木，先其易者而后其节目；如解乱绳，有所不通则姑置而徐理之。"不难看出，读书不仅要从易到难、由浅入深、由表及里，还要谨遵次序、量力而行、强基固本，既不能"三日打鱼，两日晒网"，也不能急于求成、贪多不化，否则将无法得到自己真正所需。

熟读精思法。朱熹曰："使一书通透烂熟，都无记不起处。""大抵观书先须熟读，使其言皆若出于吾之口；继以精思，使其意皆若出于吾之心。"他强调"读书千遍，其义自见"，"百遍时自是强五十遍时，二百遍时自是强一百遍时"，并提出"无疑—有疑—解疑"的过程，主张不断发现问题和解决问题。这种读书方法，既心与理合，又知与行合；既苦读得熟，又勤思之精，自然会起到醍醐灌顶、茅塞顿开的作用。

虚心涵泳法。朱熹云："学者读书，须要敛身正坐，缓视微吟，虚心涵泳，切己省察。"强调读书必须身正心端，虚怀若谷，不能"主私意"、先入为主、以己度人，甚至一知半解、不求甚解，更不能穿凿附会、歪曲本意。"涵泳"是"虚心"的落脚点。因此，朱熹主张"好学深思，心知其意"，要求读书时专心思虑、静心咀嚼、悉心体会，天长日久即可达到"弃其糟粕，吸取精华"的效果。

切己体察法。朱熹说："读书，须要切己体验，不可只作文字看。""入道之门，是将自身入那道理中去，渐渐相亲，与己为一。"意思是读书既不能停留于纸上，也不能停留在肤浅的理论上，必须联系自身实际来推寻探究，"将圣贤言语，体之于身"，要通过实践来检验所学知识是否科学，"亲历其域，则知之益明"。否则，仅仅从书本中求义理，哪怕所读之书字字珠玑、微言大义，或"广求博取，日诵五车"，也不过是"陆地习泳"，终无法取得真知。

着紧用力法。"为学要刚毅果决，悠悠不济事。且如发愤忘食，乐以忘忧，是甚么精神，甚么筋骨？""直须抖擞精神，莫要昏钝，如救火、治病然，岂可悠悠岁月？"朱熹此句生动而形象，深刻阐明了该法之要旨。提醒读书要下苦功夫、花大力气，要有废寝忘食的精神、逆水行舟的韧劲、破釜沉舟的勇气，甚至紧迫到如救火、似治病、像打仗，一刻也不能松懈和耽搁。

居敬持志法。朱熹指出："读书之法，莫贵乎循序而致精，而致精之本，则又在于居敬而持志，此不易之理也。"其意为：要想达到读书的至高至精境界，必须拥有专静纯一的心境、坚定久远的志向，朝着既定目标奋勇前进，才能有所成就。对此，朱熹说得简单明了："立志不定，如何读书？"他还说："看文字须此心在上面，若心不在，便是不曾看相似。所谓视之而不见，听之而不闻。"

"朱子读书六法"互为因果、彼此滋养，是朱熹一生刻苦治学、辛勤执教的切身体验和实践总结。它虽然历经近千年，但依然对我们读书、求学、修德、进业具有极大的借鉴价值和启发意义。

（刊于《荆州日报》）

父亲的书房

父亲叫陈宝初，他十九岁即任教于乡村小学，在教师岗位坚守了四十一个春秋。他最大的爱好就是买书。

父亲的书房，随着他工作的变动而改变，也随着时间的延伸与推移，几近"左图右史""拥书南面"。每次搬家，父亲都要优先考虑它们，说这是有生命的群体，不能丢下不管。

小时候，一家人住在农村的一个有池塘和竹园的小院里。父亲与母亲、妹妹住在南屋，我就住在西屋。从小学到中学的这段时间，这儿也是我文化启蒙的摇篮。

清晰地记得，房子的东屋摆着农具和粮食，北屋几乎是书，里面还有个大书桌，是父亲练字写作的地方。书柜里摆满了各种书：中外名家小说、历代书法字帖、唐诗宋词元曲、经典民间故事等，林林总总；政治法律类、哲学历史类、科学教育类、语言文字类、文化艺术类、医学卫生类，应有尽有。由于那时父亲常出门学习，母亲在田里忙活，于是书房就成了我的乐园。

父亲好学不倦，还创作了《村望》《故乡的荷塘》《虎渡河散记》《食品公司的父亲》《烛赞》等文章；他的圆珠笔字写得行云流水、入木三分，被上海市书法家协会评为书法"三段"。在这个名不见经传的地方，父亲还接待过省内外的许多书法家和作家。记得有一次，父亲留一位五十多岁的报纸编辑在堂屋里用餐。因那时村里没通公路，一时半会儿难以买到肉，父亲

第一辑 明月光

就跑到门前池塘里抓了两条鲫鱼下锅，那位老师边吃边用手指着池塘笑着说："陈先生不仅文武双全，能写会抓，而且栖居于宝地，年年有鱼啊！"父亲也笑了起来。

后来，父亲因为工作出色，被组织推到了校长岗位。于是学校的两间宿舍便成了我们的临时落脚地。宿舍陈旧斑驳，父亲买来水泥做成泥浆，用一天时间粉刷一新。虽居陋室，可父亲没有丝毫沮丧之感。他总对我们说，过日子不是炫耀，勤俭持家就好。

从老屋把书柜运来是一项大工程，父亲便利用节假日骑自行车将重要的书一点一点地托运过来。因为学校宿舍不大，母亲只好挤出衣柜的一半空间给父亲放书。后来，家里的书似乎呈几何级数增长，父亲又请木匠在我的宿舍打了一面墙柜。这样一来，三千余册图书就有了各自的归处。

就是在这种环境下，父亲开始了他的"第二次"创作，写出了《我爱这片土地》《稻花香里说丰年》《又得书窗一夜明》《愿得清朗留天地》等众多散文随笔。有诗人这样描述他：他从浩荡的历史与多变的人事风物里提炼出字字千钧的哲理、无所畏惧的正义及人生的诘问。我在《背影的温度》里写道："戴近视眼镜的父亲，每天清晨六点钟起床，拿起手中之笔，书写着一个又一个故事……"

2003年初春，父亲从村小调入镇小，在时任校长张生祥的关心与调剂下，我们一家住进了宽敞的宿舍。记得搬家那天，父亲红光满面。他租了一辆拖拉机，将老家的大书柜也搬了过来。这时，他所有的藏书加起来，两个书柜都不够放。于是父亲又开始琢磨买新的柜子了。经过一段时间的思索和考证，他说要自己设计一个装得下更多书的"书屋"。

懂"横平竖直""撇捺飞扬"的父亲，还真打造了一个特别的书屋。他"计白当黑"，根据房屋原有的结构造型，利用家里一切可利用的地方见缝插针，把颜色各异、大小不一、厚薄不同的图书当成装饰品安放在家的每个角落，或镶嵌，或填充，或悬挂。整体既不显单调，局部点缀又恰到好处，可谓独辟蹊径。

那年国庆节，父亲给书房取名为"树知轩"。

如今，父亲退休在家，依然每天笔耕不辍，还经常拿出自己年轻时写的文章一字一段地修改，而且每写完一篇文章，便把它贴到墙上反复诵咏和推敲，直至满意才肯罢手。

母亲说："都这么大岁数了，还费这个心思干啥？"父亲笑道："欧阳修晚年还不是这样。我们对待每一篇文章，都要有'怕后生笑'的精神，这是对自己负责，更是对今人和后人负责呢。"

"前人作为，后人品评。"一直以来，父亲言传身教，告诉我，凡是大学问家，治学态度都要一丝不苟、严谨踏实。他让我深深懂得，作为一名国家公职人员，履职做事更要有这种态度，既要对得住自己，也要对得起人民。

父亲的书房就是一部成长史，见证了他不断修炼、打磨、提升自己的刻苦时光。

我将以父为镜，砥砺前行。

（刊于《荆州日报》）

第一辑　明月光

最是书香能致远

我每日晨习书画、夜读诗书，希望染得一些书卷气，变得"气自华"。可惜，我至今还是俗气而褊浅的。

一位文友说，书卷气来自"不畏难"的阅读积累、沉淀和升华，有气则行有度、思有韵、礼有仪，足以抵抗生活的苟且、慰藉风波不平的内心。

学海无涯读作舟，甘苦自知。"韦编三绝"的孔子、"负薪挂角"的朱买臣、"囊萤映雪"的车胤和孙康，无不是在艰苦的环境中如饥似渴地读书，甚至到了痴迷的程度。

"光前裕后无他术，正路两条读与耕""凡子弟无论智愚贤否，均当以读书为上""克忠克孝，惟读惟耕"，我国的八大姓氏，均把读书写入祖训中。与古人比，虽然今人读书环境优越，却似乎少了"发奋识遍天下字，立志读尽人间书"的强烈愿望和决心毅力，缺了那种深研慢读的沉静与定力。

读书是交友方式之一，古人常以交友与读书互相譬喻。张潮在《幽梦影》中说："对渊博友，如读异书；对风雅友，如读名人诗文；对谨饬友，如读圣贤经传；对滑稽友，如阅传奇小说。"陈继儒在《读书十六观》中说："吾读未见书，如得良友；见已读书，如逢故人。"可见，坐拥书屋，与名人大师共处一室，可随时来一场心灵的交流和探讨。

读书是汲取精神力量之源。我们读《梁家河》，就是一次理想信念的加油与补钙，对习近平同志的敬仰之情油然而生；读冰心，她的文字温暖如朝阳；读《小王子》，认知爱的责任和意义，领悟善良的真谛与感动；读激励万千青年的不朽经典《平凡的世界》，把"苦难"转化为一种前行的精神动力和"灯塔效应"。

因为自尊心、虚荣心作祟，生怕别人不知道自己博览群书、才贯二酉，读书图"面子"、存功利心是不可取的。《论语》有言："古之学者为己，今之学者为人。"告诫人们，读书为学不能只是给别人看，要真正为自己好。总是背着"为人"的思想包袱，肯定不能轻松愉悦、行稳致远，也无法"点亮生活"。

不由想起一个故事。孙子问爷爷，每年读这么多书，大多都忘了，为什么还要读书呢？爷爷没有直接回答孙子，要他从河边打一篮水上来。孙子觉得爷爷糊涂了，篮子怎么可能打得到水呢？但在爷爷的要求下，他还是去河边打了水。孙子不论跑得多快，每次水都会漏光。最后，孙子放弃了。他失望地告诉爷爷，篮子根本就打不到水。爷爷笑着说，你为什么不看看自己打水的篮子呢？孙子这才发现，自己手中原本漆黑的用来装煤的篮子，已经被淘洗得白白净净，露出清亮的本色。

其实，读书也似"打水"。读了忘，忘了读，循环往复。我们在一次次看似毫无意义的经历中，被不同的价值观念、审美情趣、思维方式、道德文化反复涤荡，洗出真正自我的灵魂。重要的不是结果，而是那不断淬炼的过程。

很多时候，我们读书"不求甚解"，但脑海里却留下淡淡的痕迹。再回头来读，又有了新的感受和启发。《孟子》有青春浩然之气，少年时代读有同怀之感，现在读来则有对少年的羡叹。《论语》最初读来平易近人、朴素平和，时时传递出朴素温暖的生活态度，而后再读则没有非得正襟危坐的压力与拘谨……历久弥新的古典名著传承至今，字字温良，韵味不散，在新时代散发出更加迷人的魅力和光彩……

东晋时期的陶渊明在《五柳先生传》里说五柳先生"好读书，不求甚解"，是在谈读书态度或读书方法，其主旨是为了突出"不慕荣利""忘怀得失"的与众不同，为了追求"会意"时产生的那种"欣然"，进而达到"每有会意，便欣然忘食"的境界。

程子曰："凡看《语》《孟》，且须熟读玩味。须将圣人言语切己，不可只作一场话说。人只看得此二书切己，终身尽多也。"意思是读《论语》《孟子》而不知体道，不知将圣人言语对照自身、省察自己，终究是不得其门而入，"死在句下"。所以，读书贵在虚心涵泳、切己体察，务期变化气质、浸润如水，方为有得、受益。倘若眼中不明、胸中不净，读书怎能变其气质、涵养性情？假使轻浮躁进、贪图利禄，即使颜似天仙、貌如潘安又如何。

在浩瀚的书界里，我们常常在别人的故事里寻找着自己的理想和远方，经历着酸、甜、苦、辣、咸，希望变得更加从容、自信和坚定，不再忧郁、后悔和怨恨。在书海中遨游，我们的思想和别人的思想相互碰撞、交织，不断绽出花来、结出果来，成为高挂的"明灯""旗帜"，汇聚成我们不忘初心、砥砺未来的磅礴动力。

腹有诗书气自华，最是书香能致远。翻开的书籍似宽大雄健的翅膀，载着我们穿越世界、感悟人生，帮助我们找到中国气象、中国气质和中国气派。我们从中汲取智慧和营养，以精察之心、责任担当将中华民族伟大而灿烂的文化一点一滴地传承发扬下去。

　　此时，我用羊毫铁笔在宣纸上郑重写下——街头喧哗，火树银花之处不必找我，如欲相见，我在书海泛舟，返璞归真。

（刊于《荆州日报》）

守望文学的星空

我一直仰慕有超强定力的托马斯·曼,他写作不看有无"心情",只有雷打不动的"纪律"。他的作品都是自己"一针一线、一刀一斧",依靠坚毅和耐力完成的艺术品。

托马斯·曼在逃离纳粹德国、登上前往新大陆的邮轮时,手提箱里除了少量衣物,仅有一套德文版《堂吉诃德》。《堂吉诃德》是他童年接触到的第一部印象深刻的文学作品。

我的出生地公安县,曾是三国时期的主战场之一,也是开创公安派文学新风的袁氏三兄弟的出生地,还是著名物理学家王竹溪的故乡……这里既有铁骨铮铮的官员,也不乏科技骄子。从小在这些古今圣贤的耳濡目染下,他们的精神气节已融入我的血脉和骨骼。

读书犹如饮食,童年的味道往往会伴随我们一生。我也始终坚信,良好阅读习惯的养成也来自童年。"读什么书,成什么人。"这是父亲常挂嘴边的话,所以父亲从小就致力于培养我的阅读习惯,要求每天读一篇寓言故事,每周读一本唐诗宋词连环画,并时常跟我讲解文学经典故事和历史典故,润物细无声的教化让我受益匪浅。现在回忆起来,我仍旧感慨万千。

"黑发不知勤学早,白首方悔读书迟。"童年的味蕾和习惯已经养成。倘若在青年时期荒废时间、远离书本,就肯定"少壮不努力,老大徒伤悲"了。

有时候，文学所能提供的纯粹力量、生活体验和想象力是无穷尽的。第二次世界大战以后，有人问丘吉尔，莎士比亚和印度孰轻孰重。他说如果非要在两者之间做出选择，那么他宁要莎士比亚，也不要印度。可见文学的重要性。难怪《钢铁是怎样炼成的》曾使无数中华热血青年放弃优越的生活，奔赴延安和抗日战场。

青春读书犹未晚。读书如陈年老酒，越久越香，正所谓"布衣暖，菜根香，读书滋味长"。葡萄牙作家萨拉马戈三十岁爱上文学，而后大量阅读，六十岁都在坚持写作，最终捧得诺贝尔奖。爱因斯坦从小喜欢文学，后来虽选择了科学，但视文学为科学的姐妹。

成年人更需经典的润泽。何为经典？经典具有无限的阐释空间和"支点作用"，它可以让我们看到更辽阔的远方和未来。意大利文学家卡尔维诺在《为什么读经典》一书中说："一部经典作品是一本每次重读都好像初读那样带来发现的书。"他还写道："一部经典作品是一本从不会耗尽它要向读者说的一切东西的书。"

可以说，经典百读不厌，也能代代传诵。世间千差万别的人事风物，都可能与经典发生同振共鸣。经典作品就像一道智慧之光，不同时代的读者去赏析它时，都会被照见内心中不曾被照亮的部分。即便是同一个人，在不同的时期去品读它，也会因为想法和境遇的不同而改变。

当我们用"时间之尺"丈量历史中的自己，与经典中的杰出人物对话交流时，我们会发现人生那么短、路那么长，不要犹豫迟疑、忐忑不安、不忘初心、勇敢前行就是。

文学使人更成为人。托尔斯泰说过："文学应该预见未来，用自己那最鼓舞人心的成果跑在人民的前面，就像它是在拖着生活向前迈进似的。"文学按"光的方向"引领生活、预示生活和拓展生活，给人以启迪和智慧，唤醒人类不断自我完善、自我净化、自我革新和自我提高，带着生活一同奔跑。

若把文学喻为珠峰，那么写作者便是山下的攀登者。许多人终其一生徘徊在山腰，并非体力不支和心理恐惧，而是缺乏勇毅向上的决心和意志。我一直坚信，始终如一地朝着既定方向不懈迈进，总有一天会到达梦想的彼岸。

文学像镜子，映照人的灵魂和行为。我常目睹到楼下的青藤，曲折攀缘，匍匐向上，这里生出碧绿的叶子，那里开出美丽的花朵。其实，每一个人的文学之路，亦正像这蜿蜒的藤蔓，尽力展现着它的曲折、生机和光彩。

（刊于《荆州日报》《荆州清风》）

清澈的乡愁

李子柒呈现给我们的古典田园生活，之所以让人产生共鸣，具有较强的"心理疗愈"功能，是因为她以"古法手作""传统文化"表现了一蔬一饭的古香古色，引起人们对故乡、对儿时生活的回忆。

童年经历的情感最为深刻难忘，随着时间的延伸，它在每个人内心深处慢慢发酵，也如酒一样酝酿着，沉淀着。有时候，这种情感就像空气，呼吸时你感觉不到它的存在，一旦缺少它就顿觉憋闷。

故乡永远牵引着游子的思绪和念想。特殊的地域和情感状态，最能滋生出深深的乡愁。李白"举头望明月，低头思故乡"，写下《静夜思》；马致远目睹枯藤、老树、昏鸦，小桥、流水、人家，写出《天净沙·秋思》；张籍客居洛阳，见秋风阵起，涌起思乡情愫，写下感人肺腑的《秋思》。还有大众所熟知的，二十多年没有回过大陆、饱尝思乡之苦的余光中，在台北厦门街的旧居内写下情深意切、脍炙人口的《乡愁》。

"日暮乡关何处是？烟波江上使人愁。"美丽的黄昏，更是乡愁的酵母。"独在异乡为异客"时，我们一旦伫立在黄昏时分的栏杆旁，他乡异域的风土人情、生活习惯、语言身份等方面的差异，加上时常弥漫于心间的独孤感、疏离感，便轻易地勾起对故土、家人的思念。

第一辑 明月光

久经风雨历练的老屋，无疑是乡愁的楔子，也是乡愁最典型的象征之物。它如一座丰碑矗立在故乡，温暖并激励着我们这些离乡的人。它虽苍老，但给人以力量和勇气。很多时候，我心底滋生出的缕缕乡愁，在梦里变为清澈单纯的图腾，幻化成故乡的一个稻草人、一棵老树、一出皮影戏、一泓泉水，还有一个又一个叫得出名字的人和习以为常的粮食、蔬菜、柴火……

虽然那些镂刻在记忆深处的大队部、铁匠铺、榨油坊已彻底消失，走村串巷的民间艺人、说书人、电影放映员、小货郎已无踪影，但老屋旧迹还静静地待在原地，熟悉的翠竹、枣树、白杨仍旧似红缨枪一般直指蓝天，婆婆的叮咛、教诲依稀可闻……

每个地方都有自己的根脉、灵魂和风韵，每个地方的人都有着独特的乡愁记忆。有许多人离开村庄，但它不因此而消失。也有人一生扎根乡野，默默耕云种月、生儿育女，成为日常和诗意。他们像被灌满了风的芦苇，在这人生的驿站左摇右摆、前进后退，这也是一种有特色的标榜或向往的生活。

春晨习武、五月放筝、秋河游泳、雪夜煨芋……我的家乡"三袁"故里，虽历经风霜，但仍旧绿水逶迤、荷叶田田、稻香飘荡。

如同生命本身一样，永无止境也永不妥协，老家那片能够唤起深深乡愁的故土，正以绿色生态、资源丰富的优势，吸引着大量新技术、新人才、新模式等要素涌入，"绿水青山"正慢慢变成"金山银山"。

日新月异的故乡，生生不息的故乡，陈旧与现代互现，饱满与空心分明，坚守与希望共存。它不断自我革新、自我完善、自我净化，虽历经嬗变和阵痛，但终将焕发出新的生机与活力。

　　"一两星星二两月，三两清风四两云……"我时常念叨着这首童谣，故乡记忆中的乡思、乡情、乡梦、乡愁，如清澈的小溪时刻涤荡我的血液，滋养着我的灵魂与生命。

（刊于《荆州日报》）

第一辑　明月光

雨润百谷

　　我喜欢在雨夜写作。每当侧耳聆听雨水的嘀嗒声，我心中便生出万般滋味，于是速将笔头化为一叶扁舟。桨橹轻摇间，历历风景已在眼前荡漾开去。

　　老家春雨来临前的村庄，是忙碌而恢宏的，燕子贴着地面疾飞，蚂蚁从低处爬向高处，未来得及归屋的牛羊叫唤着……久经风雨雷电历练的它们，保持着从一个希望走向另一个希望的积极心态。

　　不一会儿，瓢泼大雨疾驰而来，似虎啸龙吟、万箭齐发，心头居然滋生出莫名的欣喜、悸动和异样的情愫。

　　身为教师的父亲具有先见之明，早已披蓑戴笠穿梭于田间江湖。只见他如武术宗师般，与四尺铁锹融为一体，将至高技巧隐于无形，"眼里根本没有敌人"。不一会儿，父亲一定闻到了稻谷的芬芳，越发英勇雄武起来，心与意合、意与气合、气与力合，将铁锹使成一柄双刃利剑，让顽劣的暴雨破锋为二：一半化为甘露，流进水田；一半形成浑水，汇入沟壑。

　　等雨过天晴，颗粒归仓，我们一家就能吃上粒粒青白、颗颗醇香、回味无穷的米饭了。

　　多年后，每每遇见有人在餐厅将未动一口的食物弃之不顾，我都会提醒对方打包回家，因为我永远记得父亲躬耕风雨的身影，从不敢遗忘。

下雨的日子，则是母亲展示针线活的最佳时光。她像一位功底深厚的书法家，"五体"无所不精，裁、缝、纳、补、绣"五技"无所不能。所以至今清晰记得，母亲做针线活用的竹尺、顶针和黑铁剪刀，因长久使用而变得油光瓦亮。

母亲每次缝衣，总坐得端端正正，神情虔诚而庄严。她缝制的衣服，件件合身、好看、耐穿，做的鞋子不夹脚、不磨脚，绣工更是活灵活现、功夫非凡。当时左邻右舍衣裤破了，拿来请母亲帮忙，母亲总是二话不说，接手就补。

冬雨来临，进入农闲时节。这时候，母亲白天给人家做衣服、鞋子，晚上则手把手地教村里一些姑娘学针线手艺。等大家做针线活倦了，母亲便微笑着拿出自己炒制的南瓜子、吊瓜子、葵瓜子供大家食用。大家忙着手里的活计，伴着悠长的冬夜，一片欢声笑语。

"无论是男人或女人，从内到外好看，穿衣服也就好看。"母亲说，每一件衣服都有自己的归属，人在找一件合适的衣服，衣服也在找那个合适的人。母亲认为，一块布料要做成一件合身的衣服，如同一块铁锻造成一把好刀，一个人修炼为一个好人，都得下一番狠功夫。无论做衣还是做人，有了标尺和规矩，有了定力和匠心，才能出精品和上品。

每次母亲修补好我的衣服，都一再叮嘱我"走路看着些""眼要放亮点"。我口中答应，但转头就忘，依然爬大树、下野沟、溜石场。只等下一个雨天，母亲再为我精心缝补。

沾着家乡四季之雨的灵气，我在母亲年复一年的缝补与叮嘱声中长大成人，穿着一双双濡润了母亲上善品质的布鞋越走越稳。它们陪着我走过漫长的人生岁月，终生不弃。

雨生百谷万物生，清净明洁润远路。父亲勤耕细作，可靠而深沉；母亲深针密缝，唯恐有罅隙，这正是指引、激励我写好文、做好人的源源动力。

（刊于《荆州日报》）

徜徉于书香之间

古人读书，先焚香、沐手，再拜读，这大概是"书香"的来源。今人读书，或精读知味、略读知意、摘读知韵，或时时怀疑古人古书，或斗胆与自己的师父较真，或悟得一套自己的理论……我读书，有时在桌上、树上，有时在牛背上，更多的是扎马步捧读。我向往能文能武的"书香剑气"。

书香一时并不难，难得的是书香一生。很多自律的读书人，一生与书相伴，砥砺心灵。对这样的人，我一向保持着敬意，相信他们一直在"提炼思想的纯金和空气中的含氧"。我坚信，他们不会软弱庸俗，有大树般的定力，能够发现别人看不到的真，也能听见别人听不见的音，有一种出自本能的自然之爱与纯净之爱，一直在探寻书香之秘。

我很欣赏熊召政的"书香养我"之说。他学养深厚，创作和书写的古体诗词，既有魏晋的精神雅韵，又不乏大唐的宏阔气象，也具有宋人的筋骨思理，传达着他对生命、历史、文化的省察、沉思和感悟。在他笔下，我们既能看到千里山川的生命状态，也能领略到万里云海的深远境界。正如唐代诗人皎然论书诗云："有时凝然笔空握，情在寥天独飞鹤；有时取势气更高，忆得春江千里涛。"这，都与他的读书生涯密不可分。

读书的方法，自古举不胜举，各有千秋。《礼记·中庸》有"读书五法"："博学之"，即如饥似渴地博览群书；"审问之"，即学中有问，问中有学；"慎思之"，即慎虑深思，反复体味；"明辨之"，即不泥窠臼，守正出新；"笃行之"，即步步踏实，知行合一。朱熹有"读书六法"：循序渐进法，即读书如攻坚木、如解乱绳一样不可求快，而应从容处之；熟读精思法，即先"使其言皆若出于吾之口"，再"使其意皆若出于吾之心"；虚心涵泳法，即读书要"敛身正坐，缓视微吟"，虚怀若谷，悉心体会；切己体察法，正所谓"亲历其域，则知之益明"；着紧用力法，即要有废寝忘食的精神，逆水行舟的韧劲；居敬持志法，即养成专静纯一的心境，坚定久远的志向……

读与写，往往形影相伴，相依相生。读得越多，写的欲望就会越强烈。

近几年，我一直在研写散文，但总在一个地方徘徊着，犹豫着，迟疑着。有时，努力追求随心、自然、不苟不饰，越是要冲破俗套、多一些独特的东西，越是找不到那个叙述的词，找不到神韵所在。简洁、冷峻、平静的散文，"超越时间"的散文，"既存在于现在，又存在于过去"的散文，有表现力、控制力与哲理性的散文，一直难以得到、定位和判断。我只得磨砺身心持续探求、推敲和击打。

泰戈尔说："散文像涨大的潮水，淹没了沼泽两岸，一片散漫。"虽然散文写作可以一泻千里，但一味挥洒抒情，会致矫情、滥情。堆砌诗词，摆布知识，空发感叹；变成工整的、规矩的、对仗的艺术，看起来篇篇精美，唯独缺少自我；散发着压抑而紧张的陈旧之气，没有自在、赤诚的品质……这都不可取。我更喜欢读一些小说家的散文，如史铁生的《我与地坛》、贾平凹的《秦腔》。他们的散文，美得有度、隐忍，更注重经验、事实和细节。正如汪曾祺所说："散文的天地本来很广阔，因为强调抒情，反而把散文的范围弄得狭窄了。过度抒情，不知节制，容易流于伤感主义。我觉得伤感主义是散文（也是一切文学）的大敌。挺大的人，说些小姑娘似的话，何必呢。我是希望把散文写得平淡一点、自然一点、'家常'一点的……"所以，我努力做一个有根的写作者，正竭力追求散文思想的穿透力、震撼力以及语言的自然生长，努力挖掘自己的叙述结构——归类的层理结构、文本的推进结构和表达的思想结构，不断指向真实、内省的精神境界。

没有"书香气"的文章，读完印象平浅，如麻雀飞过，唧唧几声，便没了影，看不见鹰击长空的磅礴之气，听不到岁月走过的沉淀之声。这些所谓的作家，不再用眼和耳写作，似乎也忘了自己的口、鼻、舌。读《红楼梦》时，感觉大不一样。该书包含政治、文学、哲学、经济、历史、地理、风俗等知识，还广泛涉及戏曲、音乐、美术、建筑、园林、饮食、医学、服饰、器具等领域，可以说包罗万象，博大精深。在任何一个细节上，它都经得起专家的考证和辨析。曹雪芹高远的精神，并不是悬在空中，他的每一个心思，都能落实到具体的生活里。前期没有博览群书、呕心沥血的投入，是难以成就这部"百科全书"的。

阅读是恣意的，香在古意中。

宋代诗人尤袤有过一个关于"四当"的典故：饥读之以当肉，寒读之以当裘，孤寂而读之以当友朋，幽忧而读之以当金石琴瑟也。它与"富家不用买良田，书中自有千钟粟。安居不用架高堂，书中自有黄金屋。出门莫恨无人随，书中车马多如簇。娶妻莫恨无良媒，书中自有颜如玉。男儿若遂平生志，六经勤向窗前读"如出一辙。此境界，当今鲜有人达到。以往，

第一辑 明月光

或更远的岁月，人们将读书看成是生命的延续，看作用以追求至高的精神境界和理想人格的途径，因此才有"立德、立功、立言"。

"读书之乐乐何如？绿满窗前草不除。""读书之乐乐无穷，瑶琴一曲来薰风。""读书之乐乐陶陶，起弄明月霜天高。""读书之乐何处寻？数点梅花天地心。"工作之余，捧书一卷，寄身于黑白之处，那份悠然，像溪水提在桶中，白云行于山间。于谦的《观书》最贴合其中况味："书卷多情似故人，晨昏忧乐每相亲。眼前直下三千字，胸次全无一点尘。活水源流随处流，东风花柳逐时新。金鞍玉勒寻芳客，未信我庐别有春。"柳青也有一首谈读书的诗："熟读五车书，胸中万仞山。逾越千年事，心底一平川。"

读书闻香，痴迷者众多。苏东坡初读《庄子》，感慨"吾昔有见，口未能言，今见是书，得吾心矣"。南怀瑾读了《楞严经》，禁不住感慨："自从一读楞严后，不看人间糟粕书。"陆游偶见陶渊明诗，欣然会心，"日且暮，家人呼食。读诗方乐，至夜，卒不就食"。袁中郎夜读徐文长诗，忍不住叫唤起来。近代哲学家熊十力，读陈白沙《禽兽说》后写道："忽起无限兴奋，恍如身跃虚空，神游八极，其惊喜若狂，无可言拟。当时顿悟血气之躯非我也，只此心此理方是真我。"

少时读书，乍闻书之香，识文辨字，初识人之道、学之道；青年读书，沉浸于书之香，爱情与理想、激情与梦想，在胸中激荡翻滚；而立之年读书，细品书之香，如清风明月满怀，似东篱菊香盈袖。

"读未见书，如得良友。见已读书，如逢故人。"读书读的是人生，虽不能改变人生的长度，但可增加人生的宽度、厚度和深度。

　　书如其人，书为心声。一个人选择读什么样的书，就会成为什么样的人。在浩瀚的书香中寻觅"诗和远方"，也是为了遇见更好的自己。

（刊于学习强国）

第一辑　明月光

一窗明月一窗梦

夜晚陌生的街头，打疼眼睛和心灵的，一定是或明或暗、或远或近的灯光。那一窗温暖一窗柔的光亮，点燃在外游子的思乡情愫，照得他们内心一片寂然、敞亮。

有窗就有家。

朝朝暮暮，年年月月，一对对夫妇从满树槐花满树蝉的晨曦里走出去，在一两夕阳一两烟的黄昏中归来，歌声一路，笑声一屋，幸福在窗外洋溢开来。

怀念老家蓬勃生长的绿树红花，怀念门上生了锈的大铁环，怀念一眼望到飞鸟的小天窗。老家的窗全为实木打造，简单的方格里透着讲究。夏天，父亲钉上浅绿色的窗纱，养一盆青竹，督促我读书练字。冬天，他在玻璃窗外糊一层麻纸，说放电影给我看。每到天麻麻亮，窗户纸上的人事风物便"活"了起来，只见大河上下，水波荡漾；远山蓝天，云卷云舒；白云苍狗，天马行空。

山西乔家大院和王家大院的窗户，做工绝对有情怀、态度和匠心。你瞧，点缀其间的扇形、菱形、心形及叫不出名的形状，还雕刻着四季花卉、珍禽异兽、葫芦仙桃等吉祥图，呈现出"变昨为今，化板成活，俾耳目之前，刻刻似有生机飞舞"的境界。驻足窗下，我仿佛见到手艺人以"十年磨一剑"的功力和定力，通宵达旦、废寝忘食，演绎着坚守、信仰和追求。

每一次倾注于作品中的精神、情感乃至魂魄，都不负光阴、不负初心。

窗，也是人们心灵的窗口。山西民歌《剪窗花》这样唱道："银剪剪嚓嚓嚓，巧手手呀剪窗花。奶奶她喜呀妈妈夸，女儿就像画中画。啊呀哟，一扇一扇红窗花，映出一代好年华。老辈的嘱咐女儿的爱，红红火暖暖千家，暖千家。"遥想当年，春风抚得人心暖，家人手捧书漫读的场景演绎于窗边，不必纠结"冉冉几盈虚，澄澄变今古"。人间盛景，在一扇扇窗花的陪衬下，变得年味十足。

窗，是连接人与自己、与自然和世界的艺术。窗内，"五味调和"；窗外，"五音绕梁"。窗户更像画框，容纳着一幅幅斑斓多姿的意象画。古人深谙其理，如李白的"檐飞宛溪水，窗落敬亭云"，白居易的"清风两窗竹，白露一庭松"，杜甫的"窗含西岭千秋雪"。卞之琳也有名句："明月装饰了你的窗子，你装饰了别人的梦。"其实，"开窗莫妙于取景"，如何看景，更取决于心情。残荷破败、枯枝寥落，悲观的人不知美在何处，乐观的人却从中找到"如花在野""简素静谧"的妙趣。

一个冬夜，我倚窗读书，被"小楼一夜听春雨，深巷明朝卖杏花"这句诗震住，觉得它是古诗词中意象最为丰饶、悠远的。诗人只身客居小楼，彻夜聆听春雨淅沥，独自拨弄心弦；次日清晨，窗外深幽的小巷中传来叫卖杏花的声音，告诉人们，春已深了。陆游"一夜"听雨，国事家愁涌上眉间。全诗一气贯注、生动有致，"别是一番滋味在心头"。

窗有四面，形状各异，正如路有千条，思有万缕。它们或小中见大、引人入胜，或以空寓虚、借物寄情，或似隔非隔、似隐还现。很多时候，竹里新窗的求知人，依南窗而寄傲，开

第一辑 明月光

帘对翠微；靠北窗而下卧，闻泉疏地脉；凭西窗以剪烛，举杯邀明月；伴东窗而听风，引诗写清音。在绿窗、幽窗、轩窗下，诗人们时而归乡凭远梦、当窗看夕兔，时而默坐对诸生、回笔挑灯烬，时而披帙横风榻、灯前起草频……似乎世间所有的美景、诗情画意，都流淌在镶嵌的窗格之中。

如逢上一场大雪，推窗便是一树暗香，万朵梅花探出枝头，大义凛然，气节最高坚。此时，铺开纸墨，挥毫而就："梅须逊雪三分白，雪却输梅一段香。""日暮诗成天又雪，与梅并作十分春。"其实，窗外四季皆风景，春草一千顷，秋叶照镜净，夏风浩浩然，冬雪染白头，即使足不出户也可置身丹崖碧水、朱楼画檐、茂林修竹之中，一如李白诗句"满窗明月天风静"所述的意境。

窗外的辽远风景，有时还是信念、意志和生命。想起展现普通人之间的无私和情意的欧·亨利的短篇小说《最后一片叶子》：女画家琼珊患上严重的肺炎，对自己失去信心。她将生命寄托在窗外的藤叶上，认为最后一片藤叶落下，她的生命就会终止。但奇迹发生了，最后一片叶子依然挂在藤枝上，绿中泛黄，不曾凋落。琼珊以为是天意，信心大增，身体竟好了一半。后来才得知，那片叶子是老画家贝尔曼在寒冷的风雨中画上去的，他却因此患了肺炎死去。贝尔曼一生饱经风霜、穷困潦倒，却热爱绘画艺术，但被很多人认为"一事无成"。在他生命的最后时刻，他终于完成了令人震撼的杰作。这时的窗，更像一面镜子，闪烁着人性的光辉，映照出善的底色和力量。

推开时间之窗，清风明月进入眸间，说不出的葱茏明朗、清幽舒畅。无论是古色古香的曲栏朱槛，还是巧夺天工的雕梁画栋，都化作历史的轻喃细语，悄然拂过我的心窗耳畔，余音绕梁。

"碧纱窗下水沉烟，棋声惊昼眠。"窗是唯美隽秀的古画，是时光走过的纹路。一首首唐诗宋词从它的心腔里溢出，给人带来一方大天地。

"隔窗而望是世间桃源，临窗而立是岁月人生。"明月装饰了窗子，窗子也装饰了人生之梦。

（刊于学习强国）

玉湖风烟染古渡

冬季玉湖，碧水接天，鸥鹭盘旋。行在此季，"晨看烟波浩渺，暮听渔樵唱晚"，只见眼前一片青绿山脊，眸里一层薄雾蒙蒙。

寻古访幽，不用去别处，近处的风景一样美得静如处子。远山是自然色，水如一面镜。心无尘，定能融入这峰峦之中。

玉湖原名长湖，地处鄂中南边缘的公安县，北临长江，南接潇湘，实为名副其实的江南水乡。玉湖历经岁月洗礼，映照出古今先贤的清逸身影。明代诗人吴切在春水悠悠、柳浪含烟、夜闻鹤语、鸟飞沙渚的家乡——公安，伫立于杜甫诗中"维舟倚前浦，长啸一含情"的古渡口，体会着陆游诗中"无穷江水与天接，不断海风吹月来"的盛势，发出"土地饶腴民乐业，山川钟秀地多贤"的自豪一咏。"水阔天渐低，风轻云将起，回顾湖上村，如坠烟波里。"清代诗人袁照的《过长湖》，也让一位公安籍诗人发出"维舟湖畔暮云深，近水遥山客正临。无限风烟迷古渡，几多意绪触寒砧。红围村落枫林晚，碧点溪桥柳色侵。吟罢奇文方载稿，雕虫偏惹壮夫心"的感慨。

宛如女人的端秀、温婉和从容，玉湖百看不厌，添一笔是多余，少一笔显苍白。每天，这里的鸟、兽、虫、鱼自由地生长，满山的花、草、竹、树用无声的语言交流往后余生，一群鸡、鸭、犬、猫发出自己的腔调，与大山对话、同风雨博弈。

玉湖多鱼虾，水底藕莲香。农家乐的主人闻鸡起舞，从湖里打捞鱼虾，再采摘莲子、莲藕、菱角，做成"荷塘三宝"供食客品尝，在健脾养胃、补虚益血、清热解毒的功效中延续一道道风味。

小桥一夜听春雨，明朝放晴采绿茶。春天的玉湖，绿草如茵，茶叶青青。弓腰采茶的村民，哼唱着采茶之歌，歌声仿若天边的云彩，如影随形。初茶的秉性和状态不同，制成的茶叶也各有千秋：一芽一叶烘烤成龙井，一芽二叶、三叶则焙制成毛尖，绿叶带梗的可压制成茶砖。

"一芽一叶总关情，一芽二叶煮河荤""好看不过素打扮，好吃不过茶泡饭"……蒸好的茶叶，放在石臼中碾碎，再制成团子，和陈皮、鱼糕、大蒜、姜、盐一起煮，既理气健脾，又除湿清热。夏天，用凉茶水泡白米饭，止渴生津，善祛油腻。

茶叶在最嫩的时候离开枝体，历经千锤百炼，最终沉淀为一口纯味，直抵心底，漾起甘甜。茶叶给玉湖边的村民带来连绵不绝的收入，他们买油盐酱醋、衣食等日用品，幸福如湖。

任时光涤荡往日尘烟，在四季光影里重见儿时旧梦。茶树更迭，岁月流逝，母亲脸上也生了皱纹，任凭风吹雨打，却一直有着纯朴的绿色。每次问母亲手头紧不紧，她总说库里有茶叶，心中不慌，现在还能自食其力，不用惦记。

在玉湖旁行走，有村民赶着羊儿往山那边走去，踏实的每一步在新农村的公路上没了往日的泥印，两旁青竹伴着轻风起舞。湖心，一对夫妻摇曳而来，男的撒网，女的拣鱼，夫唱妇随，在风景中成为另一种风景。开船去，爱不言，融入点滴生活中，进入苍茫山水中；归来时，幸福歌，摇着小船载着满舱鱼虾，驶向太阳落山处。

"吃饭啰!"农家乐里传来欢笑声,思绪瞬间被拉回。

　　一方山水养一方人,一方山水有一方情,留住我们的是玉湖边醉心的风景及那些平凡的幸福故事。玉湖人一个个回归故里,山外的人一个个涌进来,他们戴月弄锄、耕云种月,也在寻找一方精神家园怡养心灵。

　　一方山水,千缕乡愁。湖上歌声如风,谁的呼唤牵引我归家?

(刊于《楚天都市报》)

第二辑

百味斋

像
树
一
样

那一口豌豆饭

草木芊芊，繁花款款，说的都是春韵。柳枝吐嫩芽，活水煮新茶，皆是留不住的余味。

却是石榴知立夏，年年此日一花开。等到石榴花开，还留恋着春季的赏花人，也许正忙着为立夏准备着一道吃食——满口醇香的豌豆饭。

豌豆饭，妙在简，胜在鲜。

选出上好的豆，在清水中几经沉浮，撒一点盐染一身新，就可捞起待用。

昨夜吸饱水的糯米，肚子雪白一束，边缘有些透明，看起来沁人心脾。每一粒都有好成色，泛着精神气儿。白米与绿豆拌在一起，才是绝配。

肥瘦相间的冷冻腊肉，切成质地坚实的小方块。瘦肉部分红亮鲜明，肥肉部分呈透明的桃胶色，日光一照，俨然一块琥珀冻，只是没百年之久。

三物入瓷碗，仔细拌匀后，入锅蒸。

若有土灶柴火，慢火细煨，当然最好。而今的霓虹城市，这些当然鲜少。不过，也有美食讲究者，家里备有石灶、木材，坐在香味浓郁的时空里，等文火把食物煮得袅袅勾人时，就可起锅了。

此时，浅绿的豆与明润的咸肉块，蜗居在饭粒中，像玉石与玛瑙相融，一口一口地细嚼，胃口大开，停不下来，一大碗饭只消三五分钟就可解决。

用竹筷吃，或用瓷勺吃，感觉又各不同。舀一勺入口，那滑滑的触感加上蔬菜的清香，会让人食欲大增。用筷子吃则显得文雅，吃起来颇有君子之风。

江汉平原一带，每户人家的豌豆饭，因器具、调味、佐料、食材的差异，而呈云泥之别。用陶碗和瓷碗，比用铁碗做出的饭要醇厚；大棚的葱蒜，自然不比农家自种的香。

立夏的风，年年有，心情和乐，风景再幽，树色再雅，烟波再净，也不害怕失去什么，长昼漫漫，这口食物、这些欢喜都是值得去品味的。

关于豌豆饭，有一个传说。

诸葛孔明，七擒七纵孟获，令其真诚拜服。孔明临终时召之，嘱其每年看望蜀汉幼帝。孟获为爽直之人，一言既出，驷马难追。因立约之日恰逢立夏，所以每逢此日，孟获都要赴成都拜见蜀主刘禅。晋武帝灭蜀后，虏刘禅至洛阳。孟获依旧年年如约，前往洛阳探望刘禅。

孟获虽为草莽，却是忠义之人。他粗中有细，担心刘禅被晋武帝亏待，年年亲自用大秤衡量阿斗体重，看是否有瘦损。武帝为显仁厚，每年立夏，皆命人煮豌豆糯米饭给刘禅，刘禅嗜甜烂食物，每每能吃两大碗。因而孟获每次称重，都可见刘禅逐年丰腴。

从此，吃豌豆饭这一习俗在民间传开。

我有时候想，立夏的一碗豌豆饭，对普通人家是粒粒皆寻常；对晋武帝，是施恩之举；而对刘禅，可能粒粒皆"心"苦。年复一年，斗转星移，孤独循环着孤独，再美味的豌豆饭，吃来也是一口辛酸一行泪吧。

然而，这是传说。自古以来，每逢时令佳节，中国人对食物都深有讲究，总爱寻个由头、找到来处，体现传承和有迹可循，做起来更理直气壮些。如冬至吃饺子，有人想起张仲景；中秋节赏月，老人们会说起朱元璋的月饼起义。遥想屈原，直如石砥，颜如丹青，怀石自沉，以身殉国，他和他的《离骚》《九歌》《天问》，也一起沉入时间的最深处。楚人哀怜他，投粽祭之，后人也捧着菖蒲，系着彩丝，赛着龙舟，吃着粽子，只当怀念。

看王朝更迭，山河变迁，一切终究回归平常。那些分分合合、悲悲喜喜，因为隔得太远，都已渺渺，难以再现。后人也只是顺了节气，遵了旧例。

"南荒北客难将息，最是残春首夏时。""惟有褐裘并豆饭，尚能相伴到期颐。"杨万里感慨，陆游叹息，初夏之苦与豆饭的甜，亦如这人生，起起伏伏。

然而，如今的"三夏"，也只是普通一日。就着熏风瑟瑟、柳浪含烟，吃一碗豌豆饭，也只关乎夏趣，和历史兴衰、悲欢离合都不相干了。

豌豆饭里的咸肉粒是经历过磨难的。

腌制时，以粗盐砺其肌理，以风霜瘦其体肤，等肉身风干，又得在砧板上走一遭，熬过了千度炉火后，再奉上几滴纯正香油，润一润青豆和白糯米，才能成就醇厚的鲜香。

吃的人，大多只是尝一尝鲜。文人们会轻轻赞一句："立夏的豌豆饭，和往年不一样。"

其实，吃豌豆饭好处多，它富含铬、钾、磷等微量元素，有清洁肠胃、促进肠胃蠕动、防治便秘之功效。豌豆中还含有赤霉素等物质，可抗菌消炎，增强新陈代谢。

有时，我会试着创新，用豌豆、赤豆、黄豆、黑豆、青豆、绿豆、红豆七种不同的豆子，加上腊肉粒、白粳米一起煮。"七色饭"里甜咸苦酸涩都有，但总感觉没豌豆饭纯粹。

简单，才是真味。

（刊于《荆州日报》）

甜蜜的麦芽糖

月夜里散步，恍然间听到熟悉的敲铁声，我循声走到油江河畔，趁着那亮光，捕捉到一位身着素色布衣的老者。他坐在人来人往的石桥旁，像一个凝望世界的智者。见我走来，老人欣然递了一块麻糖过来。我放入口中，一股浓稠的甜味立刻流进脾胃，渗进骨髓，沁入心田。

不一会儿，老人在夜色里明亮起来。他手中的敲铁声，忽疾忽徐，忽轻忽重。他伴唱道："麻糖哟，好吃的麻糖啊……我们把糯米粑粑做哟，我们把山里的草药采，我们拿麦子把糖稀熬哟……"朴拙的声音弥散开来，香远益清。

河畔的风还在萦纡摇动，却摇不散老人专注的目光与忘我的神情。他的歌声吸引着越来越多的人前来购买。他们脚步轻移，嘴角上扬，陷入麻糖带来的甜蜜之境。

此时，儿时熬糖的画面，顿时放电影般涌进我的脑海。

腊月，是做麦芽糖的最好时节。母亲会精选饱满而结实的麦子，用冷水浸泡一夜后捞起，装入簸箕用布盖住，待其发芽。当浓密的芽须长到两寸左右的时候，腊八节快到了，可以熬糖了。

选一个晴好的日子，母亲将浸泡好的糯米，与切细的麦芽掺杂在一起，并让我推磨转石，用大木盆接浆。若太粗糙，还得再磨。然后用纱布过滤，去掉残渣，剩下的才是精华——麦芽糯米浓汁水。

　　熬糖是慢功夫，至少得五小时。一大锅浆汁，先用柴火猛烧，直至沸腾翻滚，再以稻草煨煎。随着水分逐渐蒸发，汤汁会越来越浓，颜色也由深红变为琥珀色。此时，人离不得灶台，须时刻关注锅中变化，不然前功尽弃。母亲用铁勺盛起糖汁，举高，抬起，斜勺，糖汁宛如白练，倾斜而下。母亲将切好的生姜丁轻轻撒入浆中，匀速搅动。霎时，香溢灶房。灶前添火的我，满口生津。

　　这时候，母亲会长舒一口气，将准备好的醪糟加进糖水，先舀一碗敬天地，感恩大自然的无私馈赠，再给我盛一碗，解馋。停火后，等糖稀不烫手了，母亲将它们装在大陶罐里，合上盖，预留着做黄豆酥、米子糖、甜麻花等年货，好在春节招待客人。

　　母亲说，做糖如做人，一点都不能掺假；虽然工序多、时间长，但更要经得起熬，耐得住磨，沉得住气。母亲的肺腑之言，我一直铭记于心。现在想来，生活再难，母亲都没有怠慢这门手艺；日子再苦，她也能做出清甜可口的麦芽糖，给家人创造生活的甜。

　　不是熬糖的季节，可以用铁置换麻糖。记得有一次，我并没有东西去换一块糖，只能站着观望。等人群散去，我小声地叫了声："爷爷。"老人蹲下来，轻声问："买糖吗？"我低着头，不敢看他。老人转身，敲了一大块麻糖递给我："拿着，吃吧！"等我红着脸想说什么的时候，老人挑起担子，驼着背，已经走了。

　　多年以后，我仍旧难忘这位麦芽糖老人。那沧桑的面孔和慈祥的笑容，依然在我的心里涌动着。只是，如今他身在何处？

那副卖糖的担子还在吗？

"帅哥，再来一块？"老人一声轻唤，把我的思绪拉到了眼前。"好，剩下的我全买了！"

夜，突然静了下来。周围的行人都散了，老人佝偻的背影在月光下显得异常清朗。他的篓筐由暗变明，折射出不一般的光亮，像极了老人毕生的信念。

"希望古法制糖一直有人传承……"老人说，跟父辈学这门手艺的时候，已经是六十年前的事了。当时做糖极为不易。在一个个寒冷的深夜，他与父亲蹲在家里熬糖，一遍一遍拉着糖浆，一点一点扯出糖块，可费神了。

老人从怀里掏出一个破了皮的塑料笔记本给我看，里面用遒劲工整的楷书写着：麦芽糖古称饴糖，《天工开物》"甘嗜"一章中介绍了人们制作各类糖食品的工艺，其中便有饴饧的熬制；早在《诗经》中就有"周原膴膴，堇荼如饴"的句子，意思是周原土地真肥沃，苦菜甜如麦芽糖；麦芽糖亦叫胶饴、软糖、糖稀，具有药用功效。《名医别录》中写道：饴糖，气味甘，大温，无毒。主补虚乏、止渴、止血。《日华子本草》曰：益气力，消痰止嗽，并润五脏。《本草纲目》记载：麦芽糖性甘温，健脾开胃，下气和中，消食化积而性不损元，故为健脾温中之药，在处方中为饴糖，有补气治病作用……

老人自小爱读书，研究糖艺的同时，还自学了中医。这个笔记本是他一生的心血感悟。

不远处，霓虹闪烁，空气里弥漫着麦芽糖的醇香，我陪老人说了很久的话。

而今，机器也能制造麦芽糖，麦芽糖已在饭桌上被调制成可口的美食。而那纯手工麦芽糖的味道，无论多远、多久，却成了在外游子心中无法抹去的乡愁。那吃进去的甜蜜，是岁月的剪刀无法剪断的一缕缕思念。日新月异的世界，有多少传统手艺被我们遗忘？当儿时的记忆模糊不在，还有多少后人愿意发扬传承呢？

　　加缪说："舔舐自己的生命，仿佛那是一颗麦芽糖。"其实，人亦如麦子，经历着生长、磨砺、发酵等过程，最终熬成一口甜蜜的麦芽糖。

（刊于《楚天都市报》）

书法呓语

书法是我　我是书法

钟繇是三国时期的一个重量级人物，官至太傅。他不只官儿大，名望也大，还是响当当的一代书法大师。

钟繇的字，点如高山坠石，钩如疾风骤雨；笔画间的牵带纤细如丝发竹毛，轻巧如天空飘动的烟云；运笔有如鸣凤在天空中翱翔，回锋时又像竹叶舞动，灿烂鲜明，远远地交相辉映，简直美妙至极。庾肩吾在《书品》中赞曰："妙尽许昌之碑，穷极邺下之牍。"由于他在书法艺术上的巨大成就和卓越贡献，他被后世尊为小楷鼻祖。

临终时，钟繇将儿子钟会叫到床前，将自己数十年来对书法艺术的切身体悟倾囊而授。他告诉儿子：我写了一辈子，应该说已经领悟到书法的真妙了。用笔好不好所系甚大，要像龙一样刚健有力，永远也没有疲倦和衰微的气象。写出来的字要像大地一样厚重丰盈，华美无边，一派生机勃勃。这也是先贤蔡邕的"九势"所着重强调的：写出的字要有筋骨，笔力劲健、筋脉通畅才能达到上乘。就像一个人，骨骼强健有力，又筋脉丰满、血气畅达，必然精力旺盛、神采飞扬，给人以希望无限之感。反之，笔力软弱、气脉不通则绝难寸进。

钟繇继续说，书法并不单单在书案上、碑帖里，而是在天地间，万事万物都是书法。我就是不管见到什么东西，在我的心里都是书法，我都要把它写出来。与别人在一起时，我就在地上写，写得周围都是字；睡觉时就在被子上写，把被子都写穿了；上厕所时，常常忘了出来，写，写，写，没完没了地写，我就活在整个书法世界中，以至于有时我都分不清书法是我，还是我是书法了。

无疑，钟繇对儿子寄予了无限的期望，他说的观点都非常重要，最后的那句是重中之重。如果说前边的话是写好字的"法"，是登堂入室、日益精进的钥匙和阶梯，后边那句"书法是我，我是书法"，则完全是通向书法大成的"道"，也是他真正的"心法"。

苏东坡曾与佛印禅师有过这样一段趣话："禅师，你看我坐禅的样子如何？"佛印赞道："像一尊佛。"佛印也向东坡问道："你看我的坐姿如何？"苏东坡则道："像一堆牛粪！"对于他们二人的这个对话，后来苏小妹的评判可谓一语中的："禅师的心中有佛，所以才看你如佛；你心中有粪，所以才视禅师为粪。"

为什么对同一个事物常常会出现仁者见仁、智者见智的现象呢？因为世界在你的眼中是什么，就说明你的心里也是什么，你也就可能会成为什么。书法如此，人生也是如此，世间的一切莫不如此。

心正则笔正

有一次去北京旅游，我拜访了一位书法长者。在饭桌上，听到一位先生谈及一位官员练习书法的原因，说只是为了捆绑住自己的手。

先生讲，人的手，总是想要拿些不该拿的东西。譬如，看见钱，就想抓一些；看见代表权力的大印，就想据为己有。现在，我让它抓住笔，它就不会想别的了，就会专心致志地潜心于字上。蚯蚓可以钻到很深的地下，就是因为它卸去了所有的手脚，赤条条的，阻碍少了，就钻得深。

我们皆惊服，原来书法真的可以"正手"啊。难怪初唐书法家柳公权的那句"心正则笔正"流传千古。心正了，握笔的手与字自然就正了。

书法有法

书法是一门哲学。黑白、大小、粗细、长短、轻重、巧拙、错落、欹侧、高低、曲直、顺逆、干湿、浓淡、方圆、俯仰、藏露、转折、横竖、开合、向背、疏密、宽窄、枯润、正斜、强弱、借代、承接、牵引、连贯、虚实……无一不充满辩证法，如太极八卦，既一分为二，又合二为一。

书法与大自然是相通的。印印泥、屋漏痕、折钗股……如老藤、枯枝、绿叶、劲竹、利剑、柔兰……似流水、闪电、阵云、惊兔、翔鹰、虎跃、龙腾、凤飞……

书法与武术有更为密切的关系。武术练气，大家都知道。但书法中的"气"，很多人未必理解。一般来说，创作一幅书法作品时，我是马步立于案前，创作前凝神静气，在脑海中想象自己将要书写的内容、结构和笔法等，此时就似气功的"意念"。将要落笔时，气发于脚心，行达丹田。此时，我根据自己所写的书体（草书对气的要求更高）以及节奏需要而发力，力从丹田再发于腕指，最终达于纸上。

黄庭坚的草书就得益于气的应用。我曾细心观察过黄的笔画，他在写悬针、撇捺等笔法时，运笔一波三折，如木桨在急流中划行，闪展挪移，力道圆浑。在人家出锋的地方，他还发出余劲，然后才视势收力，字体鼓气圆劲。这点和咏春拳类似：击打对方身体时，不是立即把拳头收回，而是在击中对方时，要有"打穿对方身体"这么一个意念，从而使自己的力量发挥到极致，以便更能杀伤对方。

另外，书者对书写内容形式的理解而引发的激动、兴奋、愤怒、悲伤等不同情绪又影响到书写的速度和力度。快慢起伏、力透纸背等是书法和武术对"气"的共同演绎。当然，书法爱好者中也不乏领会"气"之应用的，长期练习对健康确实有益，这也是很多书法家长寿的原因之一。

禅武修身、禅书养气，有异曲同工之妙。希望有更多的人能参与到书法和武术的练习当中，强身健体，磨炼心性，把中国优秀传统文化发扬光大。

（刊于《荆州书法》）

野菜之味

春分一过，眼里皆是清新。在乡野找到艾草，选其芽尖部分，轻轻一掐，鲜嫩的味道便收入篮中。抚过一地青，指尖染了绿，便如同与春天融为一体，还得了青绿。

采摘回的艾草，清洗后入锅焯水，加少许小苏打，以保持艾叶的翠绿之色。当艾叶煮至五成熟，即可放入冷水里冲洗，除去苦味，之后便可捣出汁水。袁枚在《随园食单》中写道："捣青草为汁，和粉作粉团，色如碧玉。"糯米粉和青汁，合二为一，一青二白。慢慢揉搓中，青团呈现。如将火腿、香菇切成丁，一同炒香，此为咸食；将花生、芝麻炒熟，研磨成粉再加糖，此为甜食。无论甜咸，用其做馅料，做成艾叶粑，再垫上新鲜的芦苇叶，上锅用大火蒸一刻钟左右，即可享用。

《本草纲目》载：艾叶味苦，性微温，无毒，主要用于灸百病。孟诜说：春季采嫩艾做菜食，或者和面粉做成如弹子大小的馄饨，每次吞服三五枚，再吃饭，治一切恶气。可见，艾叶是一方良药。而艾叶粑粑，简单可爱，柔中带韧，散寒除湿，温肺暖脾，食而不腻。人们历经春节的荤腻之后，最需要新鲜野菜的中和与调节，这一口便是大自然的恩赐。

"黄金野菜"白蒿，春绿的先行者，它先于众草，于早春抢先发芽。"三月茵陈四月蒿，五月砍了当柴烧。"说的是它的时令性。祖母常把采来的白蒿芽洗净晾干，撒些面粉搅拌均匀，上锅蒸一刻钟，再放蒜泥、盐醋、辣椒末，以热油浇之，一盘鲜美醇香的"菜疙瘩"便成了。尝一口，满嘴是春。

开紫色或白色花的刺菜，生于田埂、湿地或竹篱旁，它的叶有小刺。把嫩苗直接切碎，与生豆浆一起下锅，可以做"小豆腐"，还可以熬菜粥、蒸菜包、烙油饼。毛笋，山野林中可得。剥皮后，切成块状，可制成竹笋酸，或与半边菜同锅烹炒，白中带绿，色美味鲜。

苦菜可凉拌蘸酱，马齿苋、苜蓿、荠菜可做包子，或是掺进玉米面里蒸窝窝头，地瓜叶可以和擀碎的花生米熬菜……总之，野菜给予我们酸甜苦辣的时光，犹如大叶菜、扫帚苗和养心菜叶子上，缀着的一滴晶莹剔透的露珠，时时会在脑海深处，闪现光芒。

记忆最为深刻的，要属蒲公英了。它俗称"婆婆丁""华花郎"。小时候比较熟悉它，是因为小学课本里有一篇文章就叫《蒲公英》："一阵阵风吹过，那可爱的绒球就变成了几十个小降落伞，在蓝天白云下随风飘荡。"那毛茸茸、轻飘飘的花朵，放在嘴边，轻轻地一吹，向着远方四散而去。

记得一个麦忙时节，三爷帮我家铡麦秆时，不小心将铡刀落在了脚背上，顿时血流如注。我和堂弟吓得六神无主。三爷用双手捂着伤口，血还是不断地往外涌。父亲立即从田间找些蒲公英来，搓出绿色的汁液后，连同蒲公英一起敷在三爷的脚背上，又扯下衣袖包扎了一下。神奇的蒲公英，止住了三爷的伤口，也救了他一命。

蒲公英不但是"救命草"，还是"全身宝"。青青翠叶，用盐煮之，消炎解毒；蓬勃花蕾，凉拌腌之，提神醒脑；铁骨褐根，开水泡之，清热散结。《本草正义》记载：蒲公英，其性清凉，治一切疔疮、痈疡、红肿热毒诸证，可服可敷，颇有应验，而治乳痈乳疖、红肿坚块，尤为捷效。鲜者捣汁温服，干者煎服，一味亦可治之，而煎药方中必不可缺此。

其实，采食野菜，源远流长。从《关雎》的"参差荇菜，左右流之"、《卷耳》的"采采卷耳，不盈顷筐"，到苏东坡《春菜》的"蔓菁宿根已生叶，韭芽戴土拳如蕨。烂蒸香荠白鱼肥，碎点青蒿凉饼滑"，再到《影梅庵忆语》中董小宛的"使黄者如蜡、绿者如翠"，古人对野菜的采食可谓细致精到，富含诗意，让人禁不住掩卷长叹，口水直流。现代许多名人也爱野菜：郭沫若爱吃二月兰、枸杞菜、马齿苋，周作人喜欢吃荠菜、紫云英，汪曾祺把"凉拌荠菜"作为家宴里必不可少的一道菜，齐白石最喜欢吃香椿……

野菜重在"野"，扎根田间，昂首蓝天，哪怕无人问津，也要开出鲜艳的花；若有人采摘，心甘情愿奉出自己。因为野，不择环境，不讲条件，再贫瘠荒芜的角落，也能自由地默默生长；因为野，没有化肥农药的污染，因而干净、纯粹，食用也更放心；因为野，朴实无华，品格简静，始终保持个性与本真，给人以深深的启迪。

野菜，味正，味真。

（刊于《荆州日报》）

书法美散见

梁启超说:"各种美术,以写字为最高。"林语堂认为:"书法提供给了中国人民以基本的美学,中国人民就是通过书法才学会线条和形体的基本概念的。因此,如果不懂得中国书法及其艺术灵感,就无法谈论中国的艺术……"法国前总统希拉克,曾把中国的书法比喻为"艺中之艺"。

以上观点或有溢美之处,但也充分说明,他们对中国书法赋予过十分崇高的地位。作为中国人,学习掌握一点这门古老而依然生机勃发的艺术,是很有必要的。

彭丽媛在新德里参观泰戈尔国际学校时,用毛笔书写成语"温故知新",并签名盖上印章。彭丽媛当着这些学生的面,说自己年少时就打下良好基础,五岁时父亲就教她练习书法了。热爱书法的她在异国他乡宣扬中国的书法艺术,可谓用心良苦。

以我自己为例,童年时期跟表哥表弟在一起相处的时光,除了爬树、摸鱼、游泳,竟然有一大部分时间是端坐在桌子前学写毛笔字。受父亲熏陶,我六岁即提笔悬腕,天天正襟危坐,不言不语,认真书写横、竖、撇、捺、折,琢磨"永"字八法,丝毫不感厌倦。

随着年龄的增长,我对书法的理解也越发深刻。我认为书法与其他艺术一样,创作者的心智、性情、学养乃至技巧等方面的特征在作品里都能体现。技巧可以通过三五年的努力学有所成，学养则需要长时间的积淀，也是模仿不了的，是发自内心的情感流露。一般情况下，有一定书法基础的人，下功夫临摹古帖几年，就可以假乱真，但专家一过眼，便看出是赝品，因为你摹不出原帖的神韵。

正如不同时期拍摄的关于致敬李小龙的电影或电视剧里，无论演员多么神似李小龙，李小龙那种由内而外所散发出的锋芒与神韵是谁也模仿不出的。

学养是学识积累的结果。记得在一次中型书法展上，有两幅作品挂在一起，一幅有相当的艺术内涵，另一幅则很平庸。一位没练过书法的参观者认为前者有很多字笔墨浓淡不均（其实叫飞白），后者刚劲有力（根本是蛮力）。这是很无奈的。从专业上讲，真正有功底的书法，从一"点"上就可了然。正如真正的武林高手，只要朝你看上一眼，就可窥其内力。

如今，书法艺术的巨大魅力在其不菲的价值上得以显现。在北京保利五周年春季拍卖会上，北宋书法家黄庭坚大字行楷书法手卷《砥柱铭》以3.9亿元落槌，加上佣金以4.368亿元成交，创造了中国书画拍卖史新纪录，在当时引起极大轰动。人们开始真正认识到中国书法的价值。

我们欣赏黄庭坚的作品，是因为他独特的书法线条，被称为"长枪大戟"的线条远离了正统的温润含蓄和内敛锋芒。在宋代四大书法家中，他独辟蹊径，大胆创新。其字笔势开张，舒展自如，中宫紧密，点画从中间向四周放射。满篇文字似乎都在翩翩起舞，极具活力。

书法美的最高形式是狂草。据说王献之比他的父亲王羲之还要豪迈不羁，喜欢"飞白"，经常看见人家的白衣服就要题字，大家都知道他有这个习惯，不以为怪，甚至纵容他的这一行为。还有张旭、怀素都喜欢题壁，这类似于当代的行为艺术。我们可以想象，每当张旭写草书时，他必定潇洒之至，率真之至，可爱之至。

不得不提怀素。他好饮酒，不拘小节，兴来时，举凡寺壁、屏幛、衣裳、器具，无不书之。在当时，他要写字了，就要别人先把墙壁粉刷，然后举杯畅饮，有诗描绘："粉壁长廊数十间，兴来小豁胸中气。忽然绝叫三五声，满壁纵横千万字。"越是观者如潮，他的兴致越是发挥到极致。那时的张旭和怀素，绝对似天王级的偶像巨星。

他们的艺术创造水准，本身就是经典。他们以"独抒性灵、不拘格套"的行为，传递着书法情怀和书法精神，这就是业内常说的"神采第一"。

王国维在《人间词话》里描述了做学问的三种境界：昨夜西风凋碧树，独上高楼，望尽天涯路；衣带渐宽终不悔，为伊消得人憔悴；众里寻他千百度，蓦然回首，那人却在灯火阑珊处。这何尝不是书法与人生的三个境界呢？

书法人生

我常常不敢动笔创作,对书法存有敬畏之心。很多朋友求字,我每次书写总是不下十张,因为送出去的字不能再收回,唯恐留下败笔,这也是对朋友的一种尊重。

研习书法的朋友经常小聚,每次他们对书法高谈阔论时,我总在一旁沉默倾听,也很少发表自己的观点。我总是把认为有价值的点和一些感悟记录下来。

1

一天晚上,我坐在充满木头清香的书房里,目睹一本本字帖安静地躺着,心间好似生出一朵莲来,于是提笔写下:人的一生中,总会有几次大觉悟,或遇到一位良师,或读得一本好书,或遭遇一次人生打击,或遇见一位德高望重的贵人……

2

学习书法,目的各不相同。

有的人为了陶冶情操,有的人为了养生和艺术追求,而有的是为了名利,更有人以此谋生。

欧阳修曾言"学书消日",练习书法不过是他消磨日子的手段。苏东坡说：自言其中有至乐，适意无异逍遥游。宋高宗赵构亦说：凡五十年间，非大利害相妨。未始一日舍笔墨。故晚年得趣，横斜平直，随意所适。

这三位在书法上没有"远大志向"的人，却多有传世之作留世。

苏东坡是宋代四大书家之一。《三希堂法帖》所录赵构书法，证明其书可得永传。欧阳修与两人相比，书名差点，但即便如此，其书法也可圈可点，绝不似当代一些所谓的书法家写得"魂飞魄散"。

3

作品的书卷气与读书关系密切。

但在当今青年书法群中，书法史无人研读，书法理论少有人问津……

花点时间学学古代汉语，好好掌握一下繁体字、异体字、古今字、通假字、假借字的基本常识，就能杜绝不少错别字。

好的艺术必然来源于深湛的艺术思想和个性化的审美情趣，也是形成自我独特风格的前提。

王国维、林语堂、宗白华等人的著作皆可读，我们多读书，便不会随波逐流。

4

书法必须回归到书斋中，回归到书卷与文化的滋养里，回归到自我的心灵深处。

"不让古人是谓有志，不让今人是谓无量。"客人超己的李叔同写出了禅书；

林散之与古人席地而坐，以平淡之心造就出仙气飘飘、虚无渺渺的大草；

张伯驹"法先人而为我用，师造化以抒己情"，才从心底流出童心童体……

传统的精粹，我们应该学习与继承。

5

郑板桥诗云：四十年来画竹枝，日间挥写夜间思。冗繁削尽留清瘦，画到生时是熟时。

书画同源。画是色彩，书是情感；画是理趣，书是音乐；画是具象的，书是抽象的。书和画是可以异曲同工的两种形式，而最高形式则为书法。

书亦如诗。写诗由生到熟，进而由熟到生。由生到熟如登山，由熟到生如登天。书法难于大智若愚、大巧若拙、返璞归真、物我造化。

6

企业家都有发迹史，正如艺术家都有成功史。艺术家的成功特别需要一种叫"机缘"的东西。

齐白石成功的"机缘"在于结识了陈师曾，梅兰芳成功的"机缘"在于遇到了齐如山，而吴昌硕成功的"机缘"则是靠一个人，这个人叫王一亭。

王一亭是清末上海滩有品位的艺术赞助人。正是他慧眼识珠，发现了吴昌硕。在他的通力打造下，吴昌硕才成为一代艺术大家，从而声名远播，甚至飘扬到美国。至今，在美国波士顿艺术博物馆，吴昌硕的"与古为徒"匾四字，俨然成了中国近代文化的标识和名片。

清朝末年，吴昌硕居苏州，虽小有名气，但影响力毕竟有限。王一亭极力动员吴昌硕去上海，吴昌硕后来才开创了波澜壮阔的事业。

发现你自己

美学大师罗丹曾说："生活中从不缺少美，而是缺少发现美的眼睛。"同样，我们每一个人身上并不缺少亮点，往往缺乏发现自己的眼光。

善于发现自己的亮点，便会发现生活的湖面遍洒阳光，生机无限。

"功夫之王"李小龙以截拳道闻名于世，但很少有人知道他是近视眼，需要佩戴隐形眼镜。

对此，李小龙还特意对外说："我从小就近视，所以从咏春拳学起，因为它最适合做贴身战斗。"还有不为人知的是，李小龙的两条腿不一样长。正因如此，李小龙特意采取不同的训练方式来训练腿功：左腿擅长远踢和高踢，右腿则专门进行短促有力的阻击式踢法。如此别具一格的姿势在外人看来却是那么优美迅捷，甚至成为他的特色。正是李小龙正确地认识了自己，懂得扬长避短，才实现了自己辉煌的人生。

惠子质疑庄子大而无用的学说，庄子就对他说，野猫和黄鼠狼虽然擅长捕食，但是中了兽夹还是一样被捕，牦牛大如云朵却不能捕捉老鼠。庄子还对他说，你眼中的大而无用，是因为没有找准用的地方。如果把大树栽种在虚无之乡、广阔原野，使其不会遭到砍伐，那么人们不是可以逍遥地在树荫下乘凉吗？

在庄子看来，任何事物都有它的用处，我们要做的就是用广阔的胸怀和眼界去发现它真正的大用处。

　　记得早年，张艺谋拍摄电影《一个和八个》时，邀请陈道明出演主角。影片上映后，有部分观众觉得陈道明的表演太过沉闷和厚重，缺少角色应有的朝气和灵活。时隔多年，张艺谋筹拍新片《归来》，毫不犹豫地再次向陈道明伸出了橄榄枝，邀请他出演该片男一号。

　　《归来》于 2014 年 5 月在全国上映，获得了很高的票房，刷新了国产文艺片新纪录，并入选第 67 届戛纳国际电影节非竞赛展映单元影片。"陈道明的演出特别贴合角色，那种厚重感和沧桑感特别打动人。"看完电影，美国著名导演斯皮尔伯格都被感动得掉下了眼泪。

　　这时，张艺谋的助手佩服地朝他伸出大拇指："您真有远见啊！""这和远见无关，而是一种基本的识人准则。"张艺谋意味深长地说，"他在上一部电影里有缺点不错，有人说他缺少朝气和灵活，这也正说明他可以承担起更厚重和沧桑的角色，这也是我邀请他做这部戏主角的原因。"

　　正是因为张艺谋善于发现别人身上的亮点，他不仅培养了大量优秀的演员，更在娱乐圈和电影界获得超高的人气。

　　世界上没有两片相同的叶子，我们只能以自己的方式去唱歌和行走，以自己的方式去生活。

　　发现你自己，你就是独特的你。

武术断想

　　每天下班后，除了苦练书法和写作，我还必干一件事——习武。

　　不管面临怎样的生活环境，这个爱好一直伴随我，就像鱼儿离不开水。有时，我在路上行走，会突然来几个旋风腿，让呼啸的腿风扫落几片枯黄的叶子；有时在空无一人的小巷倒立，看风景是另一种风景。

　　记得刚练武术那会儿，我认为这门"技艺"一定能带给我力量和荣誉，届时可以天下无敌、功成名就。但是，随着岁月的流逝和认知的加深，我错了。"功夫梦"不是事业，我不可能走李连杰和甄子丹那样的路。这只能是我的一个爱好，一个梦想，仅此而已。

　　所谓的无敌，也只是一个幻影。

　　被公认为打遍天下无敌手的李小龙，也怕一种对手。他说："我不怕会一万种招式的人，我怕把一种招式练一万遍的对手。"

　　成功，大多靠坚持与精益求精。

　　成龙拍《龙少爷》电影时，为踢好一次毽子，这个不到三秒的动作，拍了两个月共 2899 次。

　　周星驰导演《西游·降魔篇》时，因为要拍一个跳舞的片段，要求某演员雇一位专业舞蹈老师。那位演员废寝忘食地练习了整整一个月，最后拍了 54 遍才通过。

然而，我坚持习武二十余年，苦练招式，精益求精，严格要求自己，最终在武学上取得别人难以企及的高度了吗？没有。

　　成功，也靠机缘。

　　如果拿破仑在1793年没有参加进攻土伦的战役，就没有机会直接向特派员萨利切蒂提出新的作战方案，也就不会立即被任命为攻城炮兵副指挥，并提升为少校。正是因为拿破仑抓住这个难得的机遇，在前线精心谋划，勇敢战斗，充分显示出他的胆识和才智，最后才攻克了土伦。他因此荣立战功，并被破格提升为少将旅长，终于一举成名。

　　有人对年轻的李宗盛说："你这么丑，也没什么天赋，怎么能唱歌呢？"

　　阿杜在建筑工地上风吹日晒，没有人相信他那破锣嗓子唱歌会有人听。

　　崔永元第一次主持节目的时候，传来一个这样的声音："这孙子是谁？"

　　一天，洗车行里开来一辆劳斯莱斯，一个擦车的小工好奇而惊喜地摸了一下方向盘，被车主扇了一巴掌："这车也是你碰的吗？你这辈子都买不起！"后来，这个擦车小工一口气买了六辆劳斯莱斯，他就是周润发。

　　……

　　以上这些人，最初的窘迫或者说苦难，日后都成为他们引以为豪的人生经历。然而，如果他们当初没有贵人相助或遇到良机，也就不会赢得璀璨的人生，那么他们的那些艰辛有谁会去理会呢？

　　现实生活中，我们的周围，有许多人年复一年日复一日地在洗车店里、在建筑工地上工作……有些人甚至做着比这些更脏、更累、更苦的工作，只因为他们是平凡人，只能在时代的洪流中过自己的生活。

　　不管怎样，我依然会将武术坚持下去，这是我一生的爱好，与成名与否无关。

墨蕴千年

"醇烟百炼久，万杵臼中锤。规矩方圆定，花鸟松鹤偎。圭玄韵味足，砂麝聚青瑰。墨痕经年远，余香依旧挥。"墨，历史悠久，意蕴深厚，文明因其而留痕，历史循其以存真，书画漾其而放彩，辞章润其以达仁。

最早记述制墨法的著作，为北魏贾思勰的《齐民要术》：将上好的烟捣细，过筛；一斤烟末加五两好胶，浸在梣树皮汁中，再加一两朱砂、一两麝香，放入铁臼，捣三万下。每锭墨不超过二三两，宁可小，不可大。其制墨过程，繁重而细致。明宋应星《天工开物》"墨"章中亦有制墨的精彩描述，将桐油、清油和猪油放入油灯里点燃，油灯上方以铁盖收集油烟。每位工人掌管两百盏油灯，须眼明手快身捷，防油烟过老。用鹅毛刷将铁盖表层的油烟刷到纸片上，此为上等油烟，造出的墨精美，有光泽；铁盖里层油烟，要用力刮下的是次等油烟，每斤油可刮取约一两上等油烟⋯⋯

墨，润"四德"，受"五彩"，孕"七味"。其传统命名方式，大致分五种：比喻制法古老，如古隃糜、东坡墨法、轻胶十万杵等；表示材料精美，有上品清烟、延川石液、乌丸、元霜等；阐明图案内容，如龙凤呈祥、立鹤步云、黄山图、西湖图等；引用历史典故，有玄香太守、松烟都护、东斋注易等；供收藏或纪念，如张氏家藏、万古长青、黄海归来等。

宋代制墨名家众多，远超唐与五代。号称"支离居士"的苏澥（字浩然），所制墨"清黑不凝滞"，蜚声海外。陆友《墨史》记载："高丽人入贡，奏乞浩然墨，诏取其家。浩然止以十笏进呈，其自珍秘盖如此。世人有获其寸许者，如断金碎玉，争相夸玩云。"宋代制墨大师中最为人称道者，为被时人尊为"墨仙"的潘谷。他制的墨，香彻肌骨，磨研至尽而香不衰。宋哲宗元祐年间，开封相国寺每月开放五次，万姓交易，潘谷常穿梭其间卖墨，酣咏自若，颇有学者风度。他从不为蝇头小利与人相争，售墨每笏只取五钱，并不多要。从京城开封到全国各地，都传颂着他的美名。苏轼所写《赠潘谷》诗中有"布衫漆黑手如龟，未害冰壶贮秋月"之句，形象而真实地描绘了这位"墨仙"在现实生活中勤俭朴实、志行高洁的感人形象。

我国名墨出处不可胜数，徽墨为最。徽墨具有色泽黑润、坚而有光、入纸不晕、舐笔不胶、经久不褪、馨香浓郁、防腐防蛀等特点，素有拈来轻、磨来清、嗅来馨、坚如玉、研无声、点如漆和"徽墨既出，余者皆废"的美誉。徽墨为历代贡品，弥足珍贵，其配方独特，工艺讲究。"廷之墨，松烟一斤之中，用珍珠三两，玉屑、龙脑各一两，同时和以生漆捣十万杵。"因此，"得其墨者而藏者不下五六十年，胶败而墨调。其坚如玉，其纹如犀"。徽墨始祖李廷珪就称自己造的墨为"乌玉玦"。东坡有诗："辛勤破千夜，收此一寸玉。"徽墨之"最"要属"曹素功"，有"天下之墨推徽州，徽州之墨推曹氏"之说。二十世纪，曹素功墨庄为任伯年、于右任、郭沫若、李可染、李苦禅等近现代名家制作定版墨，一时传为佳话。曹素功墨从最浓到最淡，可分 148 色，其制作工艺可谓登峰造极。

"书法字法，本于笔，成于墨。"历代书家无不深究墨法，其主要有"浓、淡、涨、枯、白"五种。浓墨丰腴莹厚，凝重沉稳，不浅浮，能入纸，神采外耀。清朝刘墉即为代表，其书风遒美健秀，有"浓墨宰相"之称。淡墨介于黑白色之间，呈灰色调，给人清远淡雅之境。然淡墨太淡则伤神，太浓则无锋。正如清代周星莲所说："用墨之法，浓欲其活，淡欲其华。活与华，非墨宽不可。不善用墨者，浓则易枯，淡则近薄，不数年间，已奄奄无生气矣。"涨墨有层次，线面交融，似峰峦叠嶂间云雾缭绕，一派朦胧墨趣。明末清初书法家王铎擅用此法，作品中干淡浓湿结合，墨色丰富，一扫前人呆板之墨法，可谓别具一格。枯笔如"屋漏痕"，讲究控制墨量，苍中见润泽，涩中显老辣。宋代米芾手札《经宿帖》即以枯笔表现，涩笔力行，苍健雄劲。白即空白处，知白守黑，计白当黑，于无笔墨处求墨，懂得"守黑方知白可贵，能繁始悟简之真"，方能达到"柔亦不茹，刚亦不吐""燥裂秋风，润含春雨"的至臻境界。

墨蕴千年，见证精工匠心。"熬尽灯油沥尽胆，留取乌金千秋照。"每一锭质量上乘的墨，都承载着制墨匠人执着的人生历练与良心追求。制墨历经点烟、和料、烘蒸、杵捣、入模、晾墨、描金等一系列繁复工序，又集书法、绘画、雕刻、医学、诗文、装帧等于一体。制墨无捷径，再苦再累也不可少砸一锤，只有经万杵百炼，方能历千年而质不变，靠的是日积月累，靠的是身心合一，而最终得来的是"独一无二"，是"龙麝黄金皆不贵，墨工汗水是精魂"。它们或做工严苛精细，"发丝之间现意态"，达到"能削木，误坠沟中，数月不坏"的地步；或质地精纯细腻，有"上砚无声"之境；或用胶恰到好处，遵循"凡煤一斤，古法用胶二斤"的黄金配比；或墨迹照人，清香弥久，"置于柜中，满柜贮香，不生蠹虫"。所以有李白赠墨，怀墨养之；贺铸惠墨，因墨放彩；王谌求墨，以墨达仁。

墨励文心，跌宕文海砚田。但凡文人墨客，不负光阴之约，哪怕酷暑汗湿巾、寒冬手生疮，也要辅助文思，串古连今，与墨同行。时而纵横于名家圣手、张弛于碑影帖痕，时而绚丽于远近高低、婉转于动静开合，时而浓墨重彩腕底"飞鸿"、轻描淡写涓涓"细流"，时而"风摆荷衣，云涌峰峦""瑞鹊栖枝，啼声满树"。他们深知，"书窗中明几净榻，不可缺者香也。然沉水香不如闻花香，闻花香不如听茗香，听茗香不如观墨香"。

墨润书山，激荡古今圣贤。业界有"小篆李斯始创秦，张芝今草启先门。楷书鼻祖钟繇属，羲献传承面貌新。苏黄米蔡四大家，诸体流传后代临"之见，亦有"秀逸兮张颠素醉、卓荦兮颜筋柳骨"之说。古有王羲之聚精会神、心无旁骛地练书法，错把墨汁当蒜泥蘸着吃，终成一代书圣；今有陈望道通宵达旦、废寝忘食地翻译《共产党宣言》，粽子舔墨"真理的味道有点甜"，为无数苦寻中国未来道路、追求共产主义信仰的热血青年及革命志士点亮理想信念之光。正可谓：墨染大千，荡漾陶泓，起落由心，引无数墨客英豪为之心旌摇曳，留下字字珠玑的诗文、满纸烟霞的书画。

墨心如水，甘于淡泊宁静。方家笔耕，以文立言，以行立德，以品立格，以墨传艺。椽笔舐其怀，洗涤肤浅；汗渍滴其内，蕴育精湛。它见证勤奋，苦尽甘来；它融通文工笔力，充盈学海，壮丽书山；它以铭为镜，修正德行，左右操守。诗云：甘于淡泊记浮沉，不慕荣华不厌贫。愿伴书香随世老，千秋朗朗耀乾坤。

清香盈案醉了文心，流水行云生了光影。笔为经，墨为纬，墨随笔行，直书千古华章。

一点如漆，万载存真。

江　湖

　　《一代宗师》为王家卫所拍电影，影片蕴含诸多人生哲理。看完这部片子，我一直想写点什么。

世间的相遇

　　《一代宗师》画面干净，似乎每个武林人士都是透彻的，其实正如掩盖了我们看不见的事物的白雪。

　　电影中的打戏接近完美，一个个身手矫健，具有动作美学。雨夜大战，火车站搏斗，酒楼比武，每一场戏都足够好，好到叫绝。

　　有人说，片中的武打场面过于虚幻，我想也许是因为在处理打戏的时候，镜头很短，机位多变，导致一招一式的来龙去脉都看不清楚，只知道一个动作碰撞另一个动作。然而，这种运动是具有特殊意义的，它干脆利落，寸劲十足，比那些拖泥带水的动作要好。

　　我不敢说《一代宗师》是最好的电影，但我敢说它是特写镜头最多的电影，这也正是我很喜欢的一种电影表达形式——突显人物的丰满。

　　我很欣赏张震这名演员。据报道，张震为了演好这部电影，日日苦练八极拳，最后得了个全国冠军。可是在这部电影中，

第二辑　百味斋

却被删得只剩下三场戏，人物主线也是隐隐约约，未免有点可惜。但好饭不怕晚，好戏不在多，张震依然很出彩。

电影里有几句台词非常好：

念念不忘，必有回响；

世间所有的相遇，都是久别重逢；

说人生无悔，都是赌气的话……人生若无悔，那该多无趣啊；

我在最好的时候碰到你是我的运气，可惜我没有时间了；我选择留在我自己的年月里了。

功夫是什么

我读师范的时候，听一位教文学课的老师说，武侠题材和功夫题材是有区别的，在冷兵器时代，那叫武侠；在热兵器时代，那就得叫功夫。

《一代宗师》讲的就是那个时代的最后一缕星辉，最后一批生活在一个叫作"江湖"的世界里的人。

功夫本身是怀旧的，讲述一段关于功夫的往事，就是怀旧中的怀旧。

我不知道这部电影能否当作纪实片来看。在功夫圈子里，假如他们真的是电影里的那样，我们就应该向他们致敬，和他们一起同喜同悲。

相信甄子丹主演的《叶问》大家都看过，我看了很开心，很振奋，觉得那是不错的硬功夫。如今，看了《一代宗师》之后，很多人会说这个片子把叶问拍成文艺小青年了，真正的叶问有这么优雅吗？

然而两个版本的叶问，都很清楚地告诉我们，叶问是一个出身良好的斯文人，所谓的纨绔子弟。习武只不过是他的一个爱好而已，就如同别人爱好钓鱼和收集邮票一样。

　　我们能不能接受这样一个人？不能！因为功夫对很多人来说就是去打败别人，怎么可能是一种爱好呢？他们接受不了不那么功利的习武。

　　再来看看"面子"和"里子"的争论，在电影里至少有三层意思。

　　第一层是丁连山为宫保森做了什么事情，导致他不得不流亡南方，为了宫家的面子，甘当里子；第二层则是宫二出手清理门户，一生不嫁人、不传艺，为了宫家的面子又当一次里子；第三层则是所有的武林人物，他们都是里子，因为武林和功夫，本质上就是一种民族的向往，而他们都是这个大面子里最后的牺牲品。

　　总之，本片讲述了这样一群人，他们成不了面子，最终成了里子。即使是英雄，也是时势所造。他们不都是英雄，也许只是一群碰巧掌握了一种叫作"功夫"的技术而已的普通人。

念念不忘　必有回响

　　宫先生与叶问告别之后，走在那个遍布武馆的街上，绝望地冷笑着：原来这里就是武林。原来自己奉献了毕生，几千年无数人奉献了毕生的一个世界，竟然可以浓缩在这么小的一片区域内，走一圈都用不了多长时间。

　　难道这不可笑吗？

　　这是一个关于不可追悔的往事的最经典句式：我的心里曾

经有过你，这个世界上曾经有过武林。

王家卫导演是有内涵和尚武精神的，他只是选取了一个大时代中连横截面都算不上的几个小点，却让我们看到了整个武林——一片盛大的江湖。

影片中，丁连山身上似乎散发出一种无言的隐痛。你不知道他们为何如此悲伤，你只知道他们确实悲伤，而且你还感觉自己或许能够理解这些悲伤。

王家卫是一位深谙人心的导演，他的电影似乎总在抒发一些抽象的情绪，假如碰巧你也有过类似的情绪，你会有共鸣，然后说这是一部好电影；假如你没有，它不会抓住你的情感，控制你的心境，让你感同身受。

因此，这部电影也是献给那些不愿意生活在这个时段，而宁愿生活在过去的人们。宫先生在保护自己的过去不受现在的侵略，而叶问则投入了一项更加伟大的工作——把现在改造成过去。

灯是电影里很重要的一个意象，他点了那么多盏灯，不知道能恢复多少属于过去的光芒。

"宁可一思进，莫在一思停。"这是习武时候的口诀，而生活则正好相反。人总是在见了天地之后才能见自己，又在见了众生之后才明白，原来从来就没有真正见自己。

对比一下《东邪西毒》和《一代宗师》，其实已经不一样了。《东邪西毒》从期盼一瓶叫作"醉生梦死"的酒，到"当你不再拥有的时候，你唯一能做的就是不要忘记"。《一代宗师》则从"活在自己的年月里"到"凭一口气，点一盏灯"。王家卫其实在电影中表现出自己已经从抒发小情绪的"见自己"，过渡到一个更加宏大的"见众生"的宏伟抱负之中。

在《宗师之路》这部纪录片中，有一个非常有趣的细节：他在打拳，打着打着忽然停住了。王家卫说，我不知道他是忘了，还是怎么了。我在想，如果电影用这个细节结束，会是什么样的一种状况呢？同样是回忆和现实战斗的故事，可以有各种讲述的方法，可以选择喜欢哪一种，不喜欢哪一种。对于我来说，小时候赵灵儿的那个问题终于有了答案：

既不回头，何必不忘？

念念不忘，必有回响。

磨墨人生

晨曦中，提笔悬腕，横平竖直；夕阳下，援纸握管，撇放捺收。回忆鸠车竹马岁月，一半书斋夜读，一半文房守直。

小时候，我每天在父亲的铁尺督促下练字，不敢有丝毫懈怠。记得有一次，当砚中墨水写完，我便爬到门前枣树上玩耍。父亲挑水回来，一眼就发现了我，随即一声断喝："快去磨墨！"

父亲总以"写完十八缸水"为"金律"，坚信只有把一条条墨锭磨短了、磨没了，从笔端生出的字才有筋有骨、有血有肉，才能站得正、立得稳，达到力透纸背、炉火纯青的境界。

父亲常指着书案对我说，写字没有窍门可寻，唯有一个字——磨。

磨，是"铁杵磨成针"的磨炼、"十年磨一剑"的磨砺，也是"典尽客衣三尺雪，炼精诗句一头霜"的功力、"吟安一个字，捻断数茎须"的定力。

刚参加工作时，我拜访过一位老先生。他家明净的案台上，整齐地摆放着笔墨纸砚，谈话中总离不开对书法的讲究。我清晰地记得他书房的木椅，已被磨得发亮，道道木纹似水波云痕，透着谦谦之风。我向他求一幅字，他欣然应允。只见他以遒劲之笔力，一阵驰毫骤墨，"天道酬勤"四个大字映入眼帘，其骨力清健，气概凛然。

我问老先生："现在都用墨汁，您为什么还磨墨呢？"老先生笑道："年轻时性急，吃了不少亏。练字能陶冶性情，锻炼意志，培养内涵。"

果然，历经磨炼，老先生不但书艺精进，人也变得谦和大度，朋友多了起来。老先生继续说："其实人在磨墨的同时，墨也在磨砺人的品性。写字可以清心，因其敛气收心，凝神聚气；可以修身，因其规范举止，行而有道；可以养性，因其涤除杂念，磊落坦荡。"

此后，我选购了一些墨锭，以瑞墨、徽墨、绛墨为主，大多呈长方形、椭圆形、鸟兽形。无论何种墨块，磨时都要不急不躁、不温不火。磨墨者用手指稳住墨锭，在砚台里垂直平正地旋转，万不可斜磨、横竖磨，否则出的是薄墨、虚墨，不细腻，不均匀，写出的字也会淡而无光、滑而不润、浮而不沉。

用心磨出了一砚好墨，能不能写出好字、画出好画，则取决于功力与境界。

磨墨之人，不仅要熬过"黎明前的黑暗"，还要以"匠人之心"行正走直。只要磨下去，我相信就能磨砺出"熠熠宝剑"，进入"不要人夸好颜色，只留清气满乾坤"的至臻之境。

（刊于《中国纪检监察报》）

本草之味

此时，冬日朝晖与故乡融为一体，每个人像一块小小的泥土，连缀着一片片陆地和山林。清澈的虎渡河水穿桥过巷，一路流向远方……

十年没去青云山采药了，我慢慢地跟在祖父和村里几位老人后面。他们熟悉山里的各种草药，就像熟悉自己的身体一样。在山峦层林、鸟兽虫鱼之间，他们遍尝百草，用芦苇根、夏日蝉入药，也用刀豆、麦芽、冬瓜皮治病。

山坡上盛开着野菊和蔷薇，弥漫着原始而清甜的山野气息。晨光停在山茶花上，形成一抹淡淡的宝石红。世间万物皆有时序，同一种药材在不同的时节、不同的时辰采摘，药效大为不同。在这个百花沉寂的季节，我希望帮祖父找到更多的草药，看他医治更多的病人。

受祖父熏陶，我儿时能记住一百余种中草药的名字。有的以动物命名，如鸡血藤、龙胆草；有的以季节命名，如春砂仁、夏枯草；有的以颜色命名，如我们常用的红花、黄芪、白术……这些草药，被时间改变着，见证了人间冷暖、岁月迁徙。

我清晰地记得，祖父有两排靠墙而立的榆木药橱，紫红古朴，雅致洁净，有"平视观上斗，展手及边沿"的特点。每个小抽屉为一个药匣子，均贴有中正平和的隶书药名。躺在里面的中草药，曾汲取日月精华和天地灵气，疏通病人的筋骨，滋养病人的灵魂，守护病人的健康，其"四性五味"早已录入浩繁卷帙。祖父告诉我，药食同源，生姜是药，大蒜是药，南瓜子、黑芝麻、马齿苋也是药。

祖父给人看病，讲究"望闻问切"，既能透过脉象探究病人身体的强弱、深浅和盈亏，也能从气色、声息与"十问"里找出病症。祖父给病人抓药时，气定神闲，不急不躁，慢条斯理地用皮纸包，细致严谨地用麻绳扎，递给病人时不忘嘱咐病人注意配伍用量、熬制时间及食药禁忌。祖父说，用药讲究"君臣佐使"的基本原则，药物取舍与年龄大小、病情轻重、身体强弱、气候冷暖等有密切关系，最怕差之毫厘、失之千里。

一个冬夜，祖父边抄药方边问我："医生治病的最高境界是什么？"我不假思索地回答："能治所有病。"祖父摇摇头，笑道："是'治未病'，要未病先防、已病防变。"意思是消未起之患、治未病之疾、医之于无事之前，提前将影响健康的征兆扼杀在萌芽中。

正所谓"上医治未病"，抓早抓小、防微杜渐，我想，这不仅仅是行医者的初衷吧！

如今的采药人，更加懂得珍惜大自然的"恩赐"。唯有"用敬畏与回馈延续本草之命，以爱与继承传递本草之情，凭执着与专注守护本草之魂"，人与草药相互依存、相互抚慰的生命图景才会赓续。

（刊于《中国纪检监察报》）

人生如茶

茶，虽万叶不同，百味不同，但心素如简，自然铭心；人，虽万象不同，百行不同，但潜心坚守，终成正果。

茶，以叶为形、水为质，呈现单一与重叠；茶，以动为势、静为仪，演绎扩散与收敛；茶，以韵为性、味为魂，彰显明净与淡远。

茶叶不同，人生不同。做一片铁观音，七泡有余香；做一杯碧螺春，馨香万里醉；做一饼普洱茶，受世人收藏；做一碗西湖龙井，纯正沁心脾；做一方云雾毛尖，回味又提神……

万不可做霉变、虫蚀的茶叶。

"味为甘露胜醍醐，服之顿觉沉疴苏" "汲来江水烹新茗，买尽青山当画屏" "小石冷泉留早味，紫泥新品泛春华" ……古往今来，关于茶的诗词歌赋数不胜数，如"茶圣"陆羽的《歌》，卢仝的《七碗茶诗》，齐己的《咏茶十二韵》，元稹的《一字至七字诗·茶》，等等。饮茶者收摄身心、神注一境，荡涤昏寐、陶冶性情，从中获益匪浅。

茶，沉时坦然，浮时淡然。正如苏轼一生，宦海浮沉，屡遭贬谪，但他从不消极颓废，而是旷达乐观，超然物外，为后人留下七十多篇咏茶的诗赋文章，内容涉及评茶、种茶、茶史等，形式有古诗、律诗、绝句、茶词、杂文、赋、散文以及回文诗。他夜晚办公要喝茶："簿书鞭扑昼填委，煮茗烧栗宜宵征"（《次韵僧潜见赠》）；创作诗文要喝茶："皓色生瓯面，堪称雪见羞；东坡调诗腹，今夜睡应休"（《赠包静安先生茶二首》）；睡前睡起也要喝茶："沐罢巾冠快晚凉，睡余齿颊带茶香"（《留别金山宝觉、圆通二长老》）。

茶有十一德：以茶散郁气，以茶驱睡气，以茶养生气，以茶除病气，以茶祛俗气，以茶利礼仁，以茶表敬意，以茶尝滋味，以茶养身体，以茶可行道，以茶可雅志。茶是"百病之药"，中医理论认为，味甘多补，味苦多泻。茶苦甘皆具，属于攻补兼备的性能。攻，即清热解毒、消食利水、祛风解表；补，即提神醒脑、生津止渴、补益气力。

一杯好茶，见朴直、谨慎与节制，也见简素、静谧和自然。泡茶最易得"形"，孜孜不倦，必有回响；其次为"骨"，多一片为过，少一片不足；最后是"神"，用心煮茶，回归性灵。我一直怀着对茶的敬畏、感恩与尊重，想尽办法让每一片茶叶的作用更长久地延续下去。我深知，品茶是一种觉醒的艺术，一叶一森林，一片一世界。

茶要精心炒制，做人要实践锤炼。刚从山峦云雾里采来的毛尖翠叶还不能叫茶，需历经凉、摊、炒、酵、挤、压、揉等异常艰难、痛苦的过程，才能称之为茶。做人亦须像茶一样，要有凤凰涅槃的勇气和决心，既承得住顺境的温柔与一时安稳，又经得起逆境的反复摔打和磨砺。

茶有脱俗清香，做人要诚信恭敬。茶香悠悠，韵意绵绵，如绕梁之音不绝于耳，这叫诚敬。《淮南子》曰：马先驯而后求良，人先信而后求能。古人云：诚则明，明则诚。以诚待人，以诚观己，便会真心渡人。做人须常怀恭敬之心，诚心敬人、容人、助人，人亦回敬之。

125

茶树任人采摘，做人要无私奉献。诚邀三五好友品茗，或纵论天下、谈古论今，或指点江山、激扬文字，直叫一个惬意。然而，人们喝了水，却扔了茶叶，忘记了茶树。做人须如茶树，循环往复奉献茶叶，不计环境土质，也无惧酷暑严寒，总是默默植根大地，不求回报，净化空气，造福人类。

茶要深潜下沉，做人要谦和低调。茶叶不偏不倚沉入杯底，用清廉的身躯托起沉重的茶水，实现水茶分离而又一味一体。所以为人处事要像茶那样主动沉下去——既要以从容的心境、平和的心态融合于众，又要放低姿态、藏锋守拙，不负韶华、行稳致远。

茶树孤洁无欲，做人要洁身自好。茶树春露不染色、秋霜不改节，它孤高清白，不趋炎附势，无欲无求，默默扎根在寂寥的山野之中，可谓志存清俭的典范。古人说"茶性俭"，若用这一"俭"的特性来隐喻人修身养性的道理，那就是做人要追求简朴的生活，淡泊似茶，心洁如莲。

茶水清新明净，做人要清廉守正。茶之香醇源自纯正，茶之甘甜皆因无杂。正如为人心若磐石，方能抵抗俗世诱惑；曲突徙薪，可防患于未然；心净如茶，就能照见自我。只有涵养"财贿不以动其心，爵禄不以移其志"的节操，秉持"竹影扫阶尘不动，月穿潭底水无痕"的定力，才能永葆清廉本色。

人生如茶，茶如人生。

(刊于《荆州日报》)

书法之气

我六岁随父临习书法，每日扎马面壁、提笔悬腕，丝毫不感到厌倦，之所以对这门艺术爱之深，皆因书法之魅、书法之美。

书法最打动人的无疑是线条。"寒猿饮水撼枯藤，壮士拔山伸劲铁"，描述的是唐代书法家怀素书法用笔的线条艺术。如果没有钢筋般的载力，落笔千钧的力量，其书法就像无源之水，再美的造型结构也失去了意义。

王羲之的老师卫夫人在《笔阵图》中论述："横"如千里阵云，隐隐然其实有形；"点"如高峰坠石，磕磕然实如崩也；"撇"如陆断犀象；"捺"如崩浪奔雷；"折"如百钧弩发；"竖"如万岁枯藤等。这些都是对书法线条之美的一种描述。唐代张旭观公孙大娘舞剑而悟出草书的秘密，唐代颜真卿察墙上蜿蜒而下的水痕而得"屋漏痕"笔法，今人也形容书法线条似劲竹、利剑，像虎跃、龙腾等。这些概括，可谓简洁传神，无不给人以启迪和思考。

书法魅在个性。毋庸置疑，书法最忌千篇一律、千面一腔。纵观历代书法名家，无不个性鲜明、风神独具。古代苏、黄、米、蔡权且不论，近代启功、欧阳中石等个个自成一家，或体度庄安、气象雍裕，或雄放瑰奇、飘动隽逸，或形神精妙、欹纵变幻。

书法美在灵动。一幅充满灵气的作品总是让人流连忘返、心旷神怡，其中所蕴含的精神气格、韵律气象，正是书法迷人的一个重要因素。特别是草书的灵动之美，如行军布阵，战旗飞扬；如壮士拔剑，神采动人；如婀娜舞姿，一势一形；如悠扬乐曲，余音绕梁。

书法高在稚拙。书法进入高级境界，大巧若拙的童稚味显得尤为稀缺，或洗尽铅华、返璞归真，或化繁为简、寓巧于拙，或质朴率真、举重若轻，或似拙非拙、似朴非朴，让人越看越喜欢，越品越有味。比如郑板桥、刘墉、于右任等人的书法笔墨随心，自然天成，达到"以无意为有意"的境界。

书为心画，字如其人。人的精神气度、品格魅力与翰墨气象都相联相映，其中的无序和有序、渐变和突变、平衡和避让，都能在书法的黑与白、方与圆、虚与实中得到体现。

一些所谓的"书法家"，虽然习字多年，但始终难登大雅之堂，原因多为结字呆板、僵硬，看不到灵气与书卷气。

古人云"文以气为主""气盛言宜"。如何养气？唯有读书。只有通过"读书破万卷"养气，才能"下笔如有神"。厚积薄发，作文时自然就会有"天机云锦用在我，剪裁妙处非刀尺"的灵气。

（刊于《中国纪检监察报》）

宣纸如云

"薄如蝉翼洁如雪，抖似细绸不闻声。均匀润墨分浓淡，纸寿千年熠熠馨。"这是古人对宣纸的美赞。作为文房四宝之一，宣纸享有"纸中之王""千年寿纸"的美誉，不但薄如蝉翼、抖似细绸，而且气韵万千，用来写字则骨神兼备，气韵生动；用于作画则神采飞扬，层次分明。

宣纸有形，方圆兼修，大小可裁，至薄能坚，至厚能腻；宣纸有色，白若霜雪，润如青云；宣纸有态，不腐不蛀，墨韵万变，既可化作对联、条屏、中堂，也可做成手卷、册页、立轴等，用无定法。

宣纸始于唐代，产于安徽泾县，因当时泾县隶属宣州府管辖，故因地得名，迄今已有 1500 余年历史。"宣纸"一词最早出现在张彦远所著《历代名画记》中："好事者宜置宣纸百幅，用法蜡之，以备摹写……"

宣纸被古人誉为"纸中之王"，自问世以来，就陆续得到诗人、书画家、作家的赞誉。宋代诗人王令有诗赞曰："有钱莫买金，多买江东纸，江东纸白如春云。"可见当时宣纸受欢迎程度。书法大家赵朴初爱纸之情更是溢于言表："看挽银河照砚池，泾县玉版启遐思。澄心旧制知何似，赢得千秋绝妙词。"现代文豪鲁迅也夸过宣纸："印版画，中国宣纸第一，世界无比，它温润、柔和、敦厚、吃墨，光而不滑、实而不死，手拓木刻，是最理想的纸。"寥寥数句，即将宣纸的品质和盘托出。

宣纸美在融合。"精皮玉版白如云，纸寿千年举世珍，朝夕临池成好友，晕漫点染总迷人。"笔蘸了墨，落于纸上，便有了情怀，有了生命，等待"惊起一滩鸥鹭"，等待生根发芽、开花结果。一纸平卧，黑白交汇，或浓或淡，或虚或实，正如无数交集的灵魂在无声地诉说：刀剑、城墙、石碑，会在时间的风化和碰撞中老去，而洁白、柔韧的宣纸，以及留存其上的书画，会一直焕发勃勃生机。

宣纸贵在守候。造一张宣纸，得走完一百多道工序。它急不来，其制作工艺繁复严苛，不历经反复蒸煮、捶打、淘洗，便不能制造"韧而能润、光而不滑、洁白稠密、纹理纯净、搓折无损、润墨性强"的宣纸；它又等不得，捞出的纸浆须立马晾晒、点角、扫刷，一刻不停，分秒必争。宣纸的薄厚、好坏，在于捞纸手法，一浸一挑见功夫。误差须保持在一克之内，多一分嫌厚，少一分嫌薄。每一个造纸过程，看似不经意，实则讲究火候、节奏与尺度，暗含规律和经验。唯有"择材必精，考工必良，苦身齐作，不惜劳费"，所产纸方能"内坚而外柔，文理细腻，颜色洁白"。

宣纸雅在无言。无声的宣纸，摆渡无数泰斗宗师，不争功名，默默无闻；承载古今佳作瑰宝，忠贞持守，淡泊宁静。正如一位作家所说，宣纸无色，却叫白石纷呈，大千可染，美林抱石，海粟泛金，稚柳扬翠；唯留石涛震耳，板桥流韵，悲鸿啸林，苦禅惊秋，冠中吐秀……

在碓皮中拣择，在捞纸中沉淀，在晒纸中成型，在检纸中把关，一张张生宣、半熟宣和熟宣在时光里流光溢彩，一片片棉料、净皮和特净皮在岁月里永恒不朽，一刀刀宣纸在文人雅士家中淡去了火气、收敛了锋芒，散发出光阴之味，孕育着从容之美。

每一张纸都有生命力，有灵魂。一滴墨下去，它会自然地散发开来，跟云彩一样。

一纸虽薄，却重千钧。

（刊于《中国纪检监察报》）

书房絮语

　　书房，古称书斋。古人每每踏步其间，顿觉心神俱静，性灵无尘。在文人雅士心中，书房承载着"隔离世俗、容纳自我、清心博览、禅悟通理"的价值。

　　史料记载，书室始于汉唐，宋元普及，明清鼎盛。富者筑楼，雕梁画栋；贫者一席，环堵萧然。古人书房的命名方式，大致有四种，即以所居之室、所寓之志、所藏之书、所敬之人命之。大多以斋、堂、屋、庵、馆、庐、轩、亭、园等字来命名。书室主人对其内容的深浅、雅俗、繁简都反复斟酌推敲，一经定夺，终身不改。书室之名往往寥寥几字却意义深邃，是主人外在形象和内在修养的统一体现。

　　书斋生活，宁静淡泊。其之贵，在于养性明志，使人品格高尚，如刘禹锡的"陋室"、诸葛亮的"茅庐"、扬雄的"玄亭"；其之妙，在于通天接地，使人心驰神游，如司马光的"读书堂"、蒲松龄的"聊斋"、杜甫的"浣花草堂"；其之静，在于隔绝尘世，使人心宁神静，如李渔的"芥子园"、袁枚的"小仓山房"、陆游的"老学庵"。

　　书房是一个人气质养成的地方，其布局陈设是有讲究的，笔墨纸砚、琴棋书画、桌椅几凳是必备的，或惊艳了岁月，或温柔了时光，或打动了人心。但因个人嗜好，点缀以菖蒲假石、枯木野花、箫剑兰草也未尝不可。"文房百器，炉为首器"，案头摆设最能彰显主人情趣。若选一铜炉常置案头，焚香一炷，秉烛夜读，疲后舞剑，实乃人生幸事，正所谓"对月把卷时看剑，铜炉添香夜读书"。

之前，我是没有书房的。刚参加工作时住单位宿舍，成家后卧房即书房，餐桌是书桌。每天，一家人吃完饭，收拾完碗筷，我就接着写作、练字，虽然菜香混墨香，但温馨也甜蜜。如今，我有了一间十平方米的书房，虽然不大，但很敞亮，关键是装满了书籍。读书，让我的视野变得更加开阔。

很多作家与书房融为一体。冰心、巴金、钱钟书……我相信从他们书房里产生的一切，都是其性情、气质、兴趣、习惯与审美的外化与投射。

"松声、涧声、山禽声、夜虫声、鹤声、琴声、棋子落声、雨滴阶声、雪洒窗声、煎茶声，皆声之至清者也，而读书声为最。"世上有无数令人神往的地方，但我最喜欢书房，置身其间，读书写作，观物洗尘，凝神养气，剪欲修行。

（刊于《中国纪检监察报》）

学拳之理

我五岁随祖父习拳，每天闻鸡起"武"，夜立梅花桩，时常在太极、八卦、形意中感悟祖父的教诲："非有百折不回之真心，岂能有万变无穷之妙用。""太极十年不出门。"

宝剑锋从磨砺出，一分为实一分功。祖父常说，书要勤念，拳靠勤练，一日不练自己知道，两日不练行家知道，没有冬练三九"苦其心志"，夏练三伏"劳其筋骨"，成不了大气候。很长一段时间，我都秉持"拳不离手，曲不离口"的信念，践行"一日练一日功，一日不练十日松""进功如同春蚕吐丝，退功如同流水即逝，学拳三年，丢拳三天"的拳训，读初三时就实现单拳倒立的目标，虽然拳峰结满厚茧，但还是乐此不疲。

驰怀固本山河间，立身中正功力显。练武之人讲究坐如钟、站如松、行如风、卧如弓，动作刚中有柔、柔中带刚，快里虚中有实，慢里实中有虚。练习拳法时，身要正，心要静，意要清，气要稳，松而不空，柔而不软，刚而不僵，轻而不飘，纵横、高低、上下、反侧支撑八面，前进、后退、左顾、右盼运行自如，一招一式规规矩矩，身眼手法步步到位，目不斜视，身子中正；眼光所向，就是去处。有"不懂中正身，白练几多年"的说法。

问渠那得清如许，为有源头活水来。有哲人说，人生有三重境界：看山是山，看水是水；看山不是山，看水不是水；看山还是山，看水还是水。习武亦有"练拳是拳，练拳不是拳，练拳还是拳"三个阶段。在千变万化的拳路中，处理好动与静、虚与实、刚与柔、内与外、意与力、呼与吸、蓄与发、开与合、进与退、功与防等辩证关系，才能达到动静有度，刚柔并济，虚实分明，蓄发相间，内外合一。其实，学的是拳，练的是心；比画的是招式，体会的是哲理。功夫进入至臻境界后，看见风行、云飞、竹舞、虎跃、猿腾、鹤翔，皆能从中悟出拳理。

天地有正气，日月无斜晖。"文以评心""武以观德"。王充在《论衡·非韩》中说："治国之道，所养有二，一曰养德，二曰养力。"在古人看来，"德"与"力"缺一不可，习武之人必须做到"力""德"结合、交相滋养，才能成为真正的"名高之人""渡人大师"。学拳如做人，不仅要传承前辈的武艺，也要继承其高尚的武德，不与无知者争强，不与狂徒较量，虚怀若谷，"克己""内敛""慎独"，方能外炼内修、净化心灵、提高品位、涵养德行、廉洁自律、谦逊礼让，从而培养浩然之气、君子之风。

岁月证明，用心打拳的人不会被辜负。他们在练拳中强身健体，净化心灵，涵养修为，塑造气质，每日以"忠、孝、仁、义、理、智、信"来规范约束自己。正是有了这种不懈的内在追求，身体变清爽了，悟性高了，修养上来了。人最难始终保持澄澈，管控自己的心欲。要"克己""自省"，战胜自己，就要用理智来克制自己的行为。这种能力在学拳过程中是可以提高的。历经千锤百炼，中流击水，不屈不挠，自然能抵达光明的彼岸。

练拳，练的是人在时间里的不卑不亢、不贪不欠，练的是人在生活里的清清白白、简简单单，练的是人在人世中的堂堂

135

正正、坦坦荡荡，练的是悟、期、飞：悟，即将被抛在身后的汗水、流失的智慧，化为拳路；期，即站在当前，前思后想，总结拳理；飞，指回不去也奔不到时间的前面，只能勤于奋飞，潜心修炼，排除一切杂念。人不可能拔地而起、飞檐走壁，唯有站于原地把一切都磨透了，识得了日月天地，方能生生不息。

如今祖父已95岁，他像一棵参天古树，剪雪裁冰，一身傲骨。我一生都信奉他对我说的一句话："一条腰带一口气，上了这条腰带就是尚武之人，往后你就要凭这口气挺直腰杆做人。"这句话深深印刻在我的人生历程中，砥砺我勤练不辍、勤以修身，困难面前不低头，逆境之中不弯腰。

人生经历万千事，遇到千百人，可练百十拳，能跟着自己一起往前走的，可能只是一拳二物三人。而其余的所有，都会立在原地凝望着我们的背影，只待某一天我们回头领悟它。

行、走、坐、卧，皆是功夫。

（刊于《武魂》《荆州日报》）

妙笔生花

"削文竹以为管，加漆丝之缠束；形调抟以直端，染玄墨以定色……上刚下柔，乾坤之正也；新故代谢，四时之次也；圆和正直，规矩之极也；玄首黄管，天地之色也。"这是东汉著名文学家、书法家蔡邕《笔赋》中的片段。文中对毛笔的选料、制作及功能给予高度褒扬，其对毛笔的热爱之情溢于言表。

文房四宝，笔居首位，至今已有几千年历史。据《史记》《博物志》《古今注》等书籍记载：蒙恬有君命在外，嫌以刀刻字太慢，于是"以枯木为管，鹿毛为柱，羊毛为被"，制成苍毫毛笔。因此，蒙恬被后人尊为笔祖。早期毛笔式样多，名称也不一。据《说文解字》等文献记载，秦国叫"笔"，楚国谓之"聿"，吴国称为"不律"，燕国叫"弗"。自秦一统天下，实行"书同文"政策，"笔"的名字便被确定下来，一直沿用至今。

毛笔在古代雅号颇多，个个风雅别致。如《诗经·静女》曰："静女其娈，贻我彤管。"这里的"彤管"即为笔。曹植则称笔为"寸翰"，其《薤露行》云：骋我径寸翰，流藻垂华芬。左思称笔为"柔翰"，如《咏史》诗：弱冠弄柔翰，卓荦观群书。古代文人还给毛笔取了一些别称，读来生动有趣。如宋代陈渊《越州道中杂诗》曰："我行何所挟？万里一毛颖。"北宋苏东坡《自笑》诗曰："多谢中书君，伴我此幽栖。"南宋杨万里《诚斋集》曰："仰枕槽丘俯墨池，左提大剑右毛锥。"毛颖、中书君、毛锥，即是毛笔。

毛笔看似简单，制作过程却大有讲究。要经过择料、除脂、顿押、装头、镶嵌、刻字等 12 道大工序 128 道小工序。长锋、中锋、短锋，各出锋多长；软毫、硬毫、兼毫，各采用何种毛；小楷、中楷、大楷，各取直径多大；斑竹、楠木、牛角，各取啥材质，制笔人须心中有数，手里有谱。择一事，终一生，"毫虽轻，功甚重"。潜心制笔人，身必正，心必宁，神必清，更需摒弃杂念，明察秋毫。每一个制笔过程，都离不开一手好功夫、一番好眼力；每一根毫毛，都融入了感情与精神，注入了心血和希望。制笔，亦治心，"不与时间争锋，不与繁华争辉"，方可历练内心，坚持本我，砥砺上品。

晋代傅玄《笔赋》云："柔不丝屈，刚不玉折。"一支毛锋透净、正直无偏的好毛笔，无不具备"尖、齐、圆、健""四德"品质。"尖"指笔锋尖锐，传神如针；"齐"指万毫齐力，吐墨均匀；"圆"是笔头饱满，挥洒自如；"健"指笔毫劲健，坚挺峻拔。每支笔的秉性不同，随之书写的风格亦不同。有的笔宜于方，有的笔宜于圆；有的笔好在刚，有的笔好在柔；有的笔妙在锐时，有的笔妙在钝时。书艺高超之人，无论纸笔好坏，皆能出精彩之作。褚遂良曾问虞世南："何如欧阳询？"虞答："闻询不择纸笔，皆能如志，官岂得若此？"写出"天下第一楷书"《九成宫醴泉铭》的欧阳询，不挑剔纸笔，证明已入"通会之际，人书俱老"之境。

传承风骨，润物无声。无论是"笔中之冠"的湖笔，还是"刚柔得中"的宣笔；无论是"落笔生烟"的川笔，还是有"南湖北潘"之说的太仓笔；无论是被封为"宫廷御笔"的侯店毛笔，还是"妙笔生花"的长康毛笔；无论是产于"华夏笔都"的文港毛笔，还是"一枝独秀"的汪伯立笔，在诗人笔下，发乎真情，所托必大；在才子笔下，妙手流韵，以为峥嵘；在史家笔下，秉笔直书，垂鉴千秋；在哲人笔下，源于忽微而见之深远，起于青萍而超乎尘外；在智者笔下，达文章之法旨，通圣人之大意；在廉者笔下，心正则笔正，文清而神清。总之，用笔传承精神风骨，像溪水穿过远山峰峦；用笔点缀大千世界，似日月映照生命之美。

笔能抒情，字能观人。凡宗师大家，都历经千锤百炼，孜孜不倦，心不厌精，手不忘熟，才能达到"横如千里阵云，点如高峰坠石，撇如陆断犀象，折如百钧弩发，竖如万岁枯藤，捺如崩浪雷奔，钩如劲弩筋节"之境。唐代怀素用一块厚木板做成漆盘，在上面写了擦，擦了写，天长日久，竟将漆盘写穿。大书法家智永曾客居湖州善琏，他把练字用秃的毛笔埋在蒙公祠南面的晓园内，在石碑上亲题"退笔冢"三字，此处至今还供人瞻仰。"其体势一笔而成，气脉通联，滴行不断，谓之一笔飞白书。""草圣"张芝幼时即勤练书法，家门前的一池清水因他每天反复洗笔而变黑，后人称之"墨池"。

文如其人，笔若人品、文品、官品。湖北荆州古城城南城墙上曾砌有三个笔形的砖塔，笔杆苍劲挺拔，笔锋直指蓝天，人称"三笔塔"，是为纪念明朝文学"三子星"袁宗道、袁宏道、袁中道而建。"公安三袁"不但文名卓著，而且刚直正义，两袖清风。老大袁宗道，为官清廉，尽忠职守，"临事修谨，不失分寸"。老二袁宏道任吴县县令时，处理公事十分高效，"升米公事"成为美谈，当时首辅申时行赞叹道："二百年来无此令矣！"老三袁中道，历国子监博士、南京吏部郎中，官声清越，深受百姓爱戴。人们之所以用笔塔来纪念三袁兄弟，是因为不仅佩服他们的文笔和才气，更敬重他们的为人和品性，只有高雅纯洁的毛笔才能与之相配。

中国是诗歌的国度，从古至今，不知从一支支毛笔下流淌出多少脍炙人口的颂笔之诗。诗人们或以笔为谏、经世致用，或秉笔直书、针砭时弊，或展示才思、抒发情怀。"紫毫笔，尖如锥兮利如刀。江南石上有老兔，吃竹饮泉生紫毫。宣城之人采为笔，千万毛中拣一毫。毫虽轻，功甚重……慎勿空将弹失仪，慎勿空将录制词。"白居易这首《紫毫笔》赞叹笔的珍贵，他还愿把这些"千万毛中拣一毫"的紫毫笔赐给"东西府御史""左右台起居"等官，希望他们将珍贵的毛笔不只用来弹劾官员"趋拜失仪、站立不端"等一类琐事，还要以"尖如锥兮利如刀"的笔讨伐贪官污吏，绝不手软，发挥其"裨补讨阙"的战斗作用。郑燮有一首《赠济宁乌程知县孙扩图》诗："吴兴山水几家诗，最好官闲弄笔时。寄取东坡与耘老，吾曹宾主略如斯。"郑板桥弄笔写山水的精神寄托洋溢于字里行间。明代诗人沈国治的《韵香庐诗钞》云："含山塔影细于针，含山淡翠寺眉纤，侬家遥对含山住，亲缚银毫染胜尖。"清代诗人汪尚仁《吴兴竹枝词》云："制笔闻名出善琏，伊哑织里卖书船。莫嫌人物非风雅，也近斯文一脉传。"两位湖州诗人，爱湖笔之情跃然纸上。

非人磨墨墨磨人，凌云守正无俗笔。笔者，上刚下柔，乾坤本色；刚柔并济，大者有容。执笔者，通文言、晓义理、砭时弊、表方寸，踔厉奋发、笃行不怠，是以写春秋之笔法，睹百家之争鸣，听世间之希音。

一笔虽简，气象万千。

心灵的修行

中国古典文学博大精深，国内著书立说者不计其数，但真正经得起时间的考验与淘洗，写出大境界和大智慧的作品却为数不多。

《中国古典文心》便是一本不可不读的好书，为"20世纪国学大师顾随学问与人生的巅峰之作，由国学大家叶嘉莹精准翔实地记录，并珍藏了六十多年才公之于世"。

顾随是中国当代富有影响力的学者之一，曾长期任教于北京大学、燕京大学、辅仁大学等高校，具有国际声誉的学者叶嘉莹、周汝昌、吴世昌等人都是他的学生。他不仅是作家、诗人、剧作家，还是美学鉴赏家、书法家，更是"一位极出色的大师级的哲人巨匠"。国学大师、作家张中行这样评价他："顾先生的笔下真是神乎技矣。他是用散文、用杂文、用谈家常的形式说了难明之理，难见之境。"

《中国古典文心》为顾随讲坛实录，据其学生叶嘉莹的笔记整理而成。该书主要辑录了《论语》《文赋》《文选》和《文话》，一共有二十四讲，通篇蕴含着人生哲理，闪烁着智慧火花，不仅将学文与学道融为一体，还把作文与做人放在同一高度，使读者在写作鉴赏、为人处世、修身养性等方面得到有益启示。

我最喜欢读《文赋》，里面讲到创作之情趣、体裁与风格、创作与文法、创作总说、创作与欣赏，可谓见解独到、字字金玉，直抵人心深处。"人宁可爱而不得，也要有所爱、有所求，绝不可无爱、无求。……人有所爱好，不但增加人勇气，而且是福气。人在有所爱、有所求时，是最向上、最向前的。"特别是这段关于"爱"和"求"的妙论直指人心，读来令人眼前一亮，犹如寒夜向火，温暖而光明。

"后人的文章在'结实'方面，往往不及秦汉魏晋。""无论是弄文学还是弄艺术，皆须从六朝翻一个身，韵才长，格才高。"顾随最推崇秦汉魏晋六朝之文。正如学书法要入古、寻正脉、植根传统，方可出新、走大道、自成一家。明代书法家王铎早有言之："书未入晋，终入野道。""学不参透古碑，书法终不古，为俗笔多也。"

"作诗必此诗，定知非诗人。"顾随讲文学作品亦然，文学非为学问而学问，而是将自己对文学的体认和感悟，经过精心酝酿后生发出新的精神来，以供他人获取创作灵感，或者有所超越，这也是顾随学问令人着迷的原因之一。

《中国古典文心》之所以深邃、鲜活，蕴含着博大精深的智慧内涵和时代所需的担当精神，传递出感动的力量，还在于顾随始终怀抱着一颗重要的"文心"，拥有着一个学者的情感力量、一个诗人的执着追求、一个传道者的历史使命。因此，我们读顾随的文章、讲录，不仅读的是文学、美学、人学，还读了人生、哲学、艺术的真谛。

"经师易得，人师难求。"为了写好这篇读后感，我常常以虔诚之心研读此书，以修行之心吐纳文字。"一种学问，总要和人之生命、生活发生关系。"正如叶嘉莹所说："自上过先生之课以后，恍如一只被困在暗室之内的飞蝇，蓦见门窗之开启，始脱然得睹明朗之天光，辨万物之形态……"

　　合上《中国古典文心》，封面上"顾随"二字映入眼帘，其书法气息高古、风骨俊伟，直承晋唐书脉，隐隐散发着人性的光辉与诗心，这不正映照了顾随笃学日新、苦心修炼的一生吗？同时也启示我，文学有无数种可能，既要脚踏实地，也要仰望星空，为了心中的梦想和事业，不忘初心、砥砺前行。

　　　　　　　　（刊于《中国纪检监察报》、中央纪委国家监委网站）

第二辑　百味斋

一刀一篾一世界

公安的黄山深处炊烟升起，背着竹背篓、头缠青布巾的篾匠，在浓雾笼罩的山路上吆喝：编——竹篓子，补——竹凉席、竹——撮箕喔……这时候，祖父赶紧出来应承："快屋里坐。"篾匠放下背篓，端坐于木板凳上，接过祖父递过来的纸烟。于是，一场篾艺对话娓娓展开。

其实，祖父是村里有名的竹篾师傅。小时候，我常见他独自研究着那些细长的竹竿子。他编的篾器主要有青、黄两色，青篾器绿意盎然，精致灵巧；黄篾器灿然可鉴，古色古香。他编的竹椅、篮子、筲箕足见功夫，大的朴拙雅致，小的灵巧细腻，透着传统的竹艺底蕴。

小时候，我从不缺玩具。祖父编的竹哨子、竹扇、提线竹人、鸟笼、鱼篓等，陪我度过了一个个快乐的暑假。

邻舍曾用两本小人书换过我的一把用湘妃竹制成的折叠小竹扇。扇页用桐油浸泡过，对着太阳欣赏，薄如蝉翼，灿灿若金。竹扇开合起来十分顺溜，唰唰作响。小竹扇的一面画着写意的古代村居图——小桥流水、茅屋翠柏、红枫秋菊；另一面则写着四句诗：红树黄芳野老家，日高小犬吠篱笆。合村会议无他事，定是来人借看花。

"画有出处，诗有来源，诗情画意尽显于一把小折扇中，且整体浓而不俗、淡而不薄，非普通手艺人所能及；一扇在手，如对名士，画作古朴雅致，精细工谨，只此青绿间神气生动；古诗用笔沉着，圆润遒劲，结体宽博，看上去颇有颜真卿的笔意……"后来，邻居的亲戚，一位国画老师对小竹扇如此鉴赏，激起了我对祖父的深深敬意。

一扇虽简，但要真正掌握手上功夫却极为不易。祖父说，做扇子就是做口碑，要视质量为生命。从砍、锯、切、削、拉、磨，从扇面到扇骨到贴边，每一个细节都深有讲究，每一个过程须严格把关，六十多道工序都倾注着心血。用最平凡的材料，做出最高的工艺，这才是匠心。

有一年，我放暑假回家，家里来了个新篾匠徒弟。他用弯刀剖竹身，用锯子割竹头，用锉子剔竹节，还用竹子做小蜻蜓给我。可是，当我靠近他的竹背篓时，他就"啊啊啊"叫喊，不知道为什么。

于是，他在我家经常"啊啊啊"，也常用手比画着竹篾的长短粗细。有一回，我站在初生的朝阳里，朗诵着课文《落花生》，他衔着用钢笔筒做的烟袋，眯着眼睛，望着红彤彤的阳光，眼里满是欣喜。他又开始"啊啊啊"，表达着自己的激动和赞许。

空歇的时候，他驼着背蹲在火堆旁，小口喝着竹叶茶。他随手把那些零碎的柔韧且极富弹性的青竹片，剖成比头发还细的青篾丝，三两下就编织好一只蚂蚱递给我。那时候，我觉得他是神秘的，好像他"啊啊啊"不成句的言语，有某种神奇的魅力和韵味。

有一天，祖父对他说，做好十二种蒸笼，你就可以出师了。那段时间，他表情凝重，目光炯炯。每天早上，手起刀落间，他的膝盖上堆满了薄如纸张的篾条，两只手各自捏着篾条在胸前来回环绕，时而用力一拉，时而轻轻一撵，犹如太极一般，刚柔并济。

做蒸笼讲究"蒸一口气"，特别是蒸床的竹片缝隙必须恰到好处，窄了蒸汽上不来，宽了气全跑了。此时，他吸了一口叶子烟，用棉布将烤好的竹片拉成一个个圆圈，以木夹子夹住，接着编织底座、绑接竹篾、钻孔、刨平，一气呵成。整个过程没见他用过尺子，一切尺寸都在他心里。

经纬相间，竹篾成型。十二种蒸笼做好了，它们立在堂屋中，像一个个智者。他长长出了一口气，对着祖父"啊啊啊"起来，我感觉他在说"露涤铅粉节，风摇青玉枝。依依似君子，无地不相宜"，我也仿佛听见了"守节偏凌御史霜，虚心愿比郎官笔"的回声。

他做的十二种笼屉，有圆形的、方形的，也有单层的、双层的和多层的。在祖父赞许的目光里，它们个个看起来刚韧相济，方圆周正。记得他临走时，从背篓里拿出一个小竹塔送给我。多年后，我才看清竹塔底部还刻有四个字"勤学苦练"，那份美好和温暖迅速袭满全身。

读师范的一个暑假，我也学起了篾艺。祖父说，你常练书法，从做扇子开始吧。篾匠活儿，看似无斤两，提起重千钧。第一步划篾，我一刀下去，一路歪斜，宽窄失衡，厚薄不匀。不是竹子划到手背，就是刀子割伤手指。多少次忍痛继续，一手握竹，一手握刀，从头再来。

经一个多月的苦练，我这一双拿笔的手布满老茧，也破解了划篾这道技术难关。竹片越划越细，也越划越精。一根宽两毫米的竹丝，在我手中反复刮削，变得纯白透明，如绸似缎。若把它抛向空中，它会像蒲公英一样飞舞。

几年的心慕手追，手伤不下二十余次，竹编扇面的功底也日渐深厚。到参加工作后，我可以在扇面上编织自己的名字。有时候，同学和朋友找我弄一个竹扇赏玩，自是欣然劳之。但要达到"细如丝、光如绸、薄如绢、透如纱、美如锦"的造极之境，还要磨砺。

　　"毛竹筒子烧成灰了，竹节还是直直的。"篾匠行当的规矩有很多。比如，东家的东西，你不能看，东家家里人说话，你不能听；吃饭的时候，要先捧碗，后拿筷子，坐姿要中正，不能软绵绵如蚯蚓；吃饭不能发出声音，只能夹面前的那碗菜。其实，说的都是人品和艺品。

　　时代发展奔涌向前，在某些角落，依然还会有一些传统的手艺人，他们用一辈子坚守着一门技艺，默默地把它发挥到极致。这种如大树般坚定执着的精神，让我感动。

　　一刀，一篾，一世界。

（刊于《中国纪检监察报》《楚天都市报》）

人间有味是清欢

周末，我带儿子看望父母，父亲将菜园里刚采摘的香瓜洗净，拿给我和儿子吃。儿子咬了一口，说了一句"这瓜不甜，也不脆"，便随手把瓜放在了客厅的桌子上。

"这孩子，真不懂事，这是你爷爷奶奶辛辛苦苦种的，怎么能随意浪费呢？"我斥责儿子，他怔住了，低下了头。父亲对儿子说："香瓜不好吃，下次给你买哈密瓜。走，我带你到菜园里去瞧瞧，看奶奶怎么种菜。"父亲拍着孩子的肩膀，扭头对我说："不要怪孩子，时代不同了，要慢慢引导。"

他们下楼后，我儿时劳作的镜头如电影般在脑海里回放。小时候，父母收割完稻谷，都会要我提着竹篮再到田间将散落的稻谷一颗颗拾起，将打过的稻秆翻查揉搓。颗粒归仓，我也能如愿得到买连环画的回报。现在，每每遇见有人在餐厅将粒粒青白、颗颗醇香的米饭弃之不顾，我都由衷提醒对方打包回家，因为父母躬耕风雨、含辛茹苦的身影，我从不敢遗忘。

那时候物资并不丰富，只有家里来重要客人和逢年过节才能吃到鸡鸭鱼肉，所以它们每一次出场，都是隆重而有序的。比如吃鱼，会各有分工：我和妹妹吃鱼肉，父亲负责吃鱼尾，妈妈吃鱼头，一家人吃得有滋有味。

其实，"节俭"是人生食谱里最美味的一道菜。浩瀚历史长河中，有这样两个不能被遗忘的人物，被称为节俭的美食家。

一个是清代著名文学家袁枚，他著有《随园食单》一书。此书对采办加工到烹调装盘以及菜品用器等，都做了详尽的论述，并对当时国内很多地区的美食进行了鉴赏点评，是一本划时代的烹饪典籍，至今仍有重要的指导意义和参考价值。

袁枚认为"作厨如作医"，他把饮食作为安身立命、益人济世的大学问，系统提出"戒暴殄""戒纵酒""戒落套"等一系列文明进食戒律和厨师规范。他在《戒单》里写道："尝见烹甲鱼者，专取其裙而不知味在肉中；蒸鲥鱼者，专取其肚而不知鲜在背上。"意思是说，有的人只选甲鱼的裙边和鲥鱼的肚来吃，不吃其他部位。他觉得这种做法非常浪费，因为其他部位的肉也同样鲜美，丢掉这些部位不吃，就是"暴殄"，对此他深恶痛绝。

有人说，半部《论语》治天下。其实，半部"随园"可成家。

另一个是北宋大文豪苏东坡，其诗词文章传诵千古，他也有另外一个身份——美食家。但他在吃这方面有着非常高的自我修养及丰富的文化内涵，绝不与贪腐同流，也绝不被物欲诱惑。

他在杭州任通判时，请他吃饭的人如过江之鲫。他总是提前通知人家，吃饭不能超过标准，否则一概不去赴宴。他的标准很简单：每餐只喝一杯酒，只吃一碗肉。他请别人，最多也是三道菜，且规定只能少不能多。否则就是浪费，就是犯罪，就是俗不可耐。

苏东坡认为，吃是一门学问，要吃出品位和情趣，不是山珍海味、猴头燕窝能够比拟得了的。只有懂生活、懂养生的人，才能达到这种境界。他对自己的饮食规定了三个"养"：一曰安分以养福，二曰宽胃以养气，三曰省费以养财。

虽然东坡菜中有"东坡肉""东坡肘子"等荤菜，但在当时并不奢侈，因为当时猪肉价格并不高。他最为提倡的还是物美价廉、养生养性的素菜。"夫已饥而食，蔬食有过于八珍"，"芥蓝如菌蕈，脆美牙颊响。白菘类羔豚，冒土出蹯掌"，人饿了饥了，青菜比山珍海味都好吃，大白菜就像羊羔肉一样好吃，天下哪有不是美味的东西？

餐桌上的每一份美食，无不经历种、浇、收、运、洗、切、烧等多道工序，无不凝聚种植者、加工者、制作者的辛劳和汗水。在东坡眼里，只要勤于动手、善于挖掘，没有做不好的美味佳肴。"谁知南岳老，解作东坡羹。中有芦菔根，尚含晓露清。勿语贵公子，从渠嗜膻腥"，白菜、萝卜、荠菜可以做成"东坡羹"；"以山芋作玉糁羹，色香味皆奇绝。天上酥酏则不可知，人间决无此味也"，山芋可以做成"东坡玉糁羹"……

"耕云种月自由人，田地分明契券真。黄独将看炊做饭，白牛今已牧来纯。镢头活计时时用，物外家风处处亲。禾黍十分秋可望，饱丛林汉著精神。"其实，人间美味，就在平常用料上，就在普通做工上，就在简单生活里，就在实在的家常便饭里。

"细雨斜风作晓寒，淡烟疏柳媚晴滩。入淮清洛渐漫漫。雪沫乳花浮午盏，蓼茸蒿笋试春盘。人间有味是清欢。"山的味道、海的味道、风的味道、亲情的味道和时间的味道，都是舌尖上的美食，每一份都来之不易。

（刊于《荆州日报》《人文荆州》《荆州纵横》）

纸韵墨心

一书友过来，提一刀宣纸给我。摊开，白若霜雪，润如青云。朋友说，这纸有些年头了，至少比我的年龄要大。后来，他又送来两锭墨，色泽黑润，坚而有光。他说是古墨，磨来清，嗅来馨，研无声，点如漆。

纸、墨藏个几百年，便是古董。有些物件，越久越旧，越见珍贵。而人，必须把事情做到极致，成为大师行家，方能达到高峰。正如一个爱好写作的人，要被人称为作家，至少要在专业文学期刊上发表三五篇文章，而这异常艰难。物的升值，与人相反，时间煮雨，沧海桑田，它都一如既往地缄默，只需躺在时间的怀抱里等候，不知冷暖，不知春秋，直到被人发现。

老纸、老墨，荡漾陶泓，起落由心。在墨的浓、淡、枯、润中激荡沉浮，在楷、行、草、隶、篆的秉性、精神和风仪里或行或走，或跑或跳，或歌或舞。一番挥毫泼墨后，不负光阴之约，再摩挲一番，眼前是"风摆荷衣，云涌峰峦"，耳边是"瑞鹊栖枝，啼声满树"。

我曾到过盛产宣纸的泾县，方知宣纸造得艰辛，来得不易：出一张手工宣纸，得历时三年。等待日月将青檀树滋长，等待山泉将黑树皮淘洗成白净的纤维，等待纸浆挂于编织细腻的竹帘，等待晾晒、点角、扫刷，等待最终成纸，你就能看见"一朵云"滋养出"另一朵云"。一刀年头久远的宣纸，连包裹的那一层毛边纸都会气质不凡。朋友邀我抽一张旧纸试试笔，我以为时机未到，不敢动手。万物皆有秉性，不可随意为之——我对物的态度也大抵如此。

书友之间互赠墨锭，以"手作"为荣。"熬尽灯油沥尽胆，留取乌金千秋照"。制墨靠的是日积月累，靠的是身心合一，更靠良心追求。在点烟、和料、烘蒸、杵捣、入模、晾墨等一系列繁复工序中，制墨人展现着对书法、绘画、雕刻、医学、诗文、装帧的理解。制墨无捷径，再苦再累也不能少砸一锤，只有经万杵百炼，方能"历千年而质不变"，最终得到"独一无二"的墨锭。

有一年，杭州友人快递给我一盒"西湖十景"集锦墨，十枚形态各异，均以一面绘画、一面隶书御题诗文的形式将"苏堤春晓""曲院风荷""三潭印月"等景致隽永呈现，雅致得很，我一直不舍得用。后来，听一位书法家说，文房四宝不要放得太久，如不用它们而任其沉睡，或视若长辈一样尊敬，它们就永远尽不到作为物用的功能。于是，这些坚如玉、纹如犀、黑如漆的徽墨，被我逐一磨完。

消耗老墨，会觉得日子过得悠长。这"西湖十景"，握在手里，仿佛一寸寸玉，让我"辛勤破千夜"。我总是仔细地研磨，让它的颗粒细一些，再细一些，等香气充分地沁出来，再以此细斟小楷。

闪耀着智慧之光的独一无二的作品，皆由时间编织而成。时间无法追赶，也追不上，那么就静下来，看一锭墨如何由健壮而至瘦细。坐不住的人，是受不了这细研慢磨的，而我却担心它消得快，时间都被磨没了。

老墨的消失，往往让人浑然不觉，是硬如铁的砚台拂走了它们的高度。像一片荷叶，逐渐化于水中，它曾经的盎然，已融入到来年的夏风中。每一锭墨的终结，都会使我思忖长久。它们从固体到液体，洗涤肤浅，再由液体到固体，蕴育精湛，最终转化为风格各异的字画。

有时候，我并未心静如水，在柔韧光洁的宣纸上，写下心浮气躁之字，让一锭墨远离了安和。人与笔、墨、纸相契合的时日不多，大多时候是无意中实现的。就好像永和九年（353年）三月三日，王羲之与好友在兰亭雅集，无意之间写下《兰亭序》，反而成就"天下第一行书"。酒醒后，王羲之重写数十篇，皆不如原作天真自然、幽淡从容。

清香盈案醉了文心，流水行云生了光影。只希望，每晚端坐于书斋，守住内心，把握尺度，慢慢把自己修炼为一张纸、一锭墨。

（刊于《书法报》）

萝卜之味

今年有好口福，浙江友人寄来一坛萧山萝卜干。早就听说，萧山萝卜干是有名的地方特产，食之有消炎解毒、生津开胃的作用，且经年不坏，香味不散。揭开坛盖的一瞬，一股浓郁的香气扑鼻而来，它们色泽黄亮，宛如玉石。尝一口，脆弹爽口，回味无穷，果然"色、香、甜、脆、鲜"五绝。

友人发微信说，萧山萝卜名为"一刀种"，因长度与菜刀相近，加工时一刀可分两半而得名。正宗的萧山萝卜干必须"三晒三腌"。萝卜经"风脱水"后，再进行腌制，然后出缸晾晒。反复晒、腌三次，令其充分发酵。萝卜干封坛后，至少要自然发酵两年，第一年呈金黄色，第二年转化为迷人的褐红色。100斤萝卜只能晒出 10 斤萝卜干。在制作过程中，除了食盐，不再放任何调味品，最大限度地保留萝卜干最本真的香气与滋味。

萧山萝卜干可以久放，久得让你难以想象。一位作家写道：一坛二十年的萝卜干，如深山隐士，有定力和韧劲，颜色如铁锈，味道入古却亮堂。捞十个陈年萝卜干，一溜摆在白瓷盘里，接着"一口一字，唇齿留诗"。而我以为，陈年萝卜干似古人独抒性灵的浓墨，新鲜萝卜干如今人不拘格套的淡笔，一个清贫高古，一个格调不低。

萝卜在民间素有"小人参"之誉。世上最早的药典《新修本草》中就收录了白萝卜，当时名为"莱菔"。之后，宋代人更将食用萝卜视为长寿、养身的秘诀之一。元末明初，一个叫贾铭的人，活了106岁。朱元璋问他长寿秘诀，他回答"要在慎饮食"，并将自己撰写的《饮食须知》呈上，书中各食材末尾均附一句：不可多食！唯独在胡萝卜一条后面写：有益无损，宜食。后来，李时珍编《本草纲目》，在论述胡萝卜功效时，直接采用了贾铭之说："（味）甘、辛，（性）微温，无毒。（主治）下气补中，利胸膈肠胃，安五脏，令人健食，有益无损。"现代医学和营养学证明，萝卜含丰富的维生素C、糖化酶和叶酸，食后可洁净血液和皮肤，降低胆固醇，预防癌症。此外，萝卜干还具有祛油腻、疏肝理气等功效。特别是白萝卜，最能消食通气。乡下有位亲戚，接连几天胃胀气，吃药不见好，难受得不行。身为老中医的祖父，让他生吃了几个白萝卜，一下就好了。若非亲眼所见，很难相信。

老家的人也腌制萝卜干，用的是青白水萝卜、穿心红萝卜。那萝卜乒乓球大小，水分足，空口生吃，脆嫩清甜。有时候，家人在菜园子干活，想吃萝卜了，不用找刀子，直接往锄头上一磕，手一掰就能吃。切成薄片，用蒜苗炒或同排骨炖，属上等佳肴。如晒成萝卜干，做下饭菜，也是极开胃的。自搬进县城后，我就再没吃过老家的萝卜。如今吃几口萧山萝卜干，却生出一些感慨，发现小时候吃的东西，都是美味。

此后，我探访了十几座城市、一百多个村庄。各地的萝卜，也都各有千秋。

北京有一种"心里美"萝卜，皮青肉红，煞是好看。用手指头一弹，当当响；一刀切下去，嘎嘣脆。旧时北京人有两种吃法，一是切丝拌白糖和水醋，此乃"糖拌萝卜丝"；另一种也切丝，加豆酱和香油拌匀，名曰"酱拌萝卜丝"，都是下酒下饭的好菜。清代植物学家吴其浚曾在《植物名实图考》中描绘："冬飚撼壁，围炉永夜，煤焰烛窗，口鼻炱黑。忽闻门外有卖水萝卜赛如梨者，无论贫富髦雅，奔走购之，唯恐其越街过巷也。"吃起来怎样？吴其浚赞曰："琼瑶一片，嚼如冷雪，齿鸣未已，众热俱平。"寥寥几句，生动可感，诗意盎然，可见其对"心里美"萝卜情之深、爱之切。

天津出产著名的三大"青萝卜"，西青区的沙窝萝卜，绿如翡翠，甜辣爽口；武清区的田水铺萝卜，皮薄肉厚，甜而不辣；津南区的葛沽青萝卜，生吃清脆，降脂抗癌。二十世纪五十年代初，天津流行听"玩艺儿"（曲艺）吃萝卜，一条长案摆满茶壶、碗和放瓜子、花生米的碟子，还有几大盘切成薄片的青萝卜，有谚云："吃了萝卜喝热茶，气得大夫满街爬。"吃萝卜喝茶，可谓天津独有。

湖北有小酱萝卜，佐粥甚佳。四川人喜辣，做的炝拌萝卜皮，清脆爽口，辣得过瘾；在北宋"三苏"的故乡——中国泡菜之乡四川省眉山市东坡区，什么萝卜都可以泡，红萝卜、白萝卜、青萝卜、胡萝卜，样样脆生，色泽鲜亮，可口宜人。广州人、苏州人、上海人喜清淡，做的萝卜丝饼色泽淡黄，酥脆鲜香，极妙。在湖南省常德市澧县梦溪镇，每走上一段路，就会遇见一个卖泡萝卜的摊子。

说到萝卜，便想到"东坡羹"。苏轼在《东坡羹颂》中描述了这道菜的做法："不用鱼肉五味，有自然之甘。其法以菘、若蔓菁、若芦菔、若荠，皆揉洗数过，去辛苦汁。先以生油少许涂釜缘及一瓷碗，下菜沸汤中……"东坡被贬多次，但他超然豁达，笑对人生。每到一地，他都勤于躬耕，精于种菜，种菜必种萝卜。有诗为证："我昔在田间，寒庖有珍烹。常支折脚鼎，自煮花蔓菁。中年失此味，想像如隔生。谁知南岳老，解作东坡羹。中有芦菔根，尚含晓露清。勿语贵公子，从渠醉膻腥。"此诗回忆了他少年贫寒时，煮花蔓菁的乐趣，可惜"中年失此味，想像如隔生"，乡情依旧，乡味不再；后段则写其贬谪生活，虽艰难，但自得其乐，哪怕脱去了文人的长袍方巾，穿上农人的芒鞋短褂，"日炙风吹面如墨"，也要研究美食，把窘迫的日子过得有滋有味。他在制作"东坡羹"时，用大萝卜来替代家乡的花蔓菁，新鲜美味，不输大鱼大肉。

"性质宜沙地，栽培属夏畦。熟登甘似芋，生荐脆如梨。老病消凝滞，奇功直品题。故园长尺许，青叶更堪齑。"萝卜味长，"可生可熟，可菹可酱，可豉可醋，可糖可腊"；萝卜节坚，秉暑凌霜，无畏风雪；萝卜德高，朴素中正，一清二白……

（刊于《荆州日报》）

春天的月亮湖

　　月亮湖的春天来了。她的秘密，仿佛向下的分行鸟鸣穿过向上的雪山之巅，节制并昂扬着信念，寻觅并收割着波纹，超越并保持着洁意……

　　因为深居山内，气温偏低，月亮湖的春天似乎比其他地方要来得晚一些。当城里迎春、玉兰、樱花竞相开放，月亮湖沿岸独立的草木似乎没什么变化。特别是黄山腰间的水松、池杉和红果铁冬青，依然保持着骨子里的克制、中正和沉静。

　　黄山——"公安八景"之一，是公安黄山头镇的一座名山，明代文学家雷思霈曾这样描述："江河数片白，黄山一点青。"它宛如镶嵌在水乡泽国的一颗绿色明珠。

　　小镇依山傍水，为广袤的江汉平原染出了几分秀色。站在黄山顶上极目四望，虎渡河横贯南北，节制闸凌空耸立，极为壮观。遥想当年，党和政府组织 16 万大军，仅用 75 天建成的荆江分洪工程南闸腰斩虎渡河，飞卧黄山东麓，成为万人瞻仰的"国家级重点文物保护单位"。

　　导游说："山下，马鞍山革命烈士陈列馆红星闪闪；山上，荆州刺史、'忠济真人'谢麟葬于黄山峰巅，其一生仁德、清廉勤政的佳话感染着一代又一代荆楚儿女……""这里，不仅是人们观光旅游的圣地，更是党员干部锤炼党性、磨砺品格、传导正气、陶冶情操、铸实铁骨的策源地……"

湖水似碧玉，水平如镜，澄净如练，一如既往地保持着本真，用自身的洁净涤荡着万千飞尘，以"发现美的眼睛"，见证了诗意黄山、明珠黄山。此时，湖东植株矮小的野花，与湖西的油菜遥遥相望，仿佛云与鹤对视，一切尽在不言中。你会惊讶地发现，深褐色的地皮上有蚯蚓涌动，它们让僵化的土壤得以松动，恢复了创造性的活力和生机。

不必担心，冬天的雪冷到了春天的草木，这湛蓝的湖水漫过树根，使金骨风的嫩叶、对月草的身子在阳光下重现，在不经意间将寒意抖落。侧耳聆听，楠竹体内的纤维素、蛰伏于地的枫香根茎，发出对抗平庸的声音。

在这山清水秀的国家森林公园，月亮湖永不停息地滋养着诗人笔下如金子一样的"山"、银子一样的"竹"，终于在海拔264米的山峦之间，发出了觉醒般的转化，成为无数攀登者的行路之镜。

此季，从怪石修竹间返回的山羊，闻到青草之香；伫立于苍松翠柏旁的小青年，正思考编制摆渡自己的新竹筏；春风从山的侧面路过，用阳光治愈虫兽之疾……

环湖周围，黄天湖、明垱湖、仙人湖与月亮湖形成相互牵手的格局，它们与虎渡河相邻，都归属于长江水系，在连绵起伏的群山中，以月亮湖为桥梁，一起滋养着四季风物，连接"有色似无色"的蓝图。

月亮湖的春天多风，有浩然之气。晴空下，超凡的湖水微波粼粼，映照出"远近高低各不同"的山峦，勤劳朴素而不走寻常路的月亮湖人，在清风里劳作探索，深知幸福就在脚下，在一耕一锄中。

月亮湖不绚烂，也不清冷，它是一首灵动清丽的诗，无论白天黑夜，都像母亲一样温暖人心，让你深感它如呼吸一样重要，让你体验它诗意浓厚的气象与拔节般的大美品格。

月亮湖边的农人，从不敢怠慢这个生命之湖。只有面对这敞亮的湖水，他们的心才会安定下来，他们的日子才会过得有滋有味。

三月的月亮湖，还具有一种无声的"召唤"能力，这种召唤呈现出新与旧、得与失、反思与迷恋、以我观物与以物观我等辩证关系，它纠正了部分植物种群的无序，修复、净化和延续着山上的本草之命、本草之味、本草之魂，给予野鱼力量，重新归向清澈的源头。

夜晚的月亮湖，有着别样的醇厚之美，以别样的视角观篝火燃起，看舔着夜色的火舌将黑暗轻轻撩开。此时，光亮复制再复制，以风一样的速度翻山越岭，又仿佛革命圣火，照亮了湖空和心空；游客们载歌载舞，脸上洋溢着幸福的表情。

一位参加过抗日战争的老者说，春天在这里撒上种子，秋天来收割，捆成捆，秸秆留着做肥料，果实收在仓里，来年再播种、再收获，如此循环往复，生生不息。

（刊于《荆州日报》）

清风来

像树一样

铁骨铮铮柳公权

柳公权（778—865），字诚悬，京兆华原（今陕西省铜川市耀州区）人，为唐朝最后一位大书法家。

柳公权与颜真卿齐名，有"颜筋柳骨"之誉，又与欧阳询、颜真卿、赵孟頫并称"楷书四大家"，为后世百代楷模。其传世碑刻有《金刚经刻石》《玄秘塔碑》《冯宿碑》等，行、草书有《伏审帖》《十六日帖》《辱问帖》等，另有墨迹《蒙诏帖》《王献之送梨帖跋》传世。

柳公权历经唐宪宗、穆宗、敬宗、文宗、武宗、宣宗、懿宗七朝，各朝皇帝都爱他的书法和诗才，甚至他的谏议也乐意接受和采纳。他官至太子少师，封河东郡公，以太子太保致仕，故世称"柳少师"。他仕途通达，只是在八十二岁那年，因年老体衰，反应稍迟钝，在上尊号时不慎讲错，被御史弹劾，结果被罚了一季的俸禄。

柳公权自幼家教甚严。其母经常以黄连、苦参、熊胆磨成粉制成丸，让他们兄弟俩夜学时含之提神，以至勤学不辍、日益精进。柳公权父亲柳子温，曾任丹州刺史。有一次，他教柳公权写字。休息时间，公权与村上娃们玩骑马打仗的游戏，只见公权双膝跪地，被伙伴们当马骑着不放。这一幕被柳子温看见，他立即喝令公权回家，并从书房里拿出一把剑和一把刀，往书案上一放，厉声说道："先教你怎么写'人'字，剑是第一笔，刀是第二笔。写'人'就是一剑一刀，写字更要锋利有力，就像在石头上刻出来的一样！"

所以，后来柳公权的书法逐渐呈现出铮铮铁骨，不但气势雄伟而壮美清健，在挺拔的骨体内部、结体之间传递出一种坚贞的力量和精神，而且透出清健脱俗的韵味和气象，一笔一画更写就了他的人格境界。米芾赞其："柳公权如深山道人，修养已成，神气清健，无一点尘俗。"

"书贵瘦硬方通神。"柳公权善于书法创新，积数十年的不倦磨炼之功，在研究和继承钟繇、王羲之等人楷书风格的基础上，阅遍各家书法而熔铸己意，自创独树一帜的"柳体"楷书。其字匀衡瘦硬，追魏碑斩钉截铁之势，点画爽利挺秀、骨力遒劲，结体严谨端正、法度深严，成为"唐书尚法"的突出代表之一。

柳公权人书俱老，当时公卿大臣家为先人立碑，如果得不到柳公权亲笔所书的碑文，人们会认为这是不孝的行为。而且柳公权声誉远播海外，外夷入贡时，都专门准备钱财来购买柳公权的书法。因此，他的润笔堪称丰厚，管家可以随便使用，柳公权也毫不在乎。有一次丢了一个银碗，家里的丫鬟说没见到，他说那可能羽化成仙长翅膀飞了。可见他视钱财如粪土，人格修为高尚。

柳公权从小接受《柳氏家训》关于"德行"的教导，因此终身以德行为根株，为人刚毅正直，"博贯经术"，尤精《诗》《书》《左氏春秋》《国语》《庄子》。他最有名的莫过于"笔谏"，一度成为"典范"与佳话。唐穆宗同柳公权谈论书法，问柳公权："书法用笔奥妙无穷，我要怎样才能把字写好呢？"柳公权说："用笔的要诀在于心，只有心正了，笔才能正啊！"听

163

了柳公权的话，穆宗知道他是借笔法在规劝自己，不由得脸红起来。

　　还有一次，文宗在便殿召见六位学士，文宗说起汉文帝的节俭，便举起自己的衣袖说："这件衣服已经洗过三次了。"学士们纷纷颂扬文宗的节俭品德，只有柳公权闭口不说话。文宗留下他，问他为什么不说话，柳公权回答："君主的大节，应该注意起用贤良的人才，黜退那些不正派的佞臣，听取忠言劝诫，分明赏罚。至于穿洗过的衣服，那只不过是小节，无足轻重。"当时周墀也在场，听了他的言论，吓得浑身发抖，但柳公权却理直气壮。文宗对他说："我深知你这个舍人之官不应降为谏议，但因你有谏臣风度，那就任你为谏议大夫吧。"第二天下旨，任他为谏议大夫兼知制诰，仍任学士。

　　生命的最后几年，柳公权的风骨与书艺交互滋养，其锋芒转入内部，风神气韵与自然世界相融，通篇之旨趣已臻化境，这是宗师历经万般磨砺洗尽铅华后的心智所悟所书。晚年的柳公权，也像一位得道之人攀上极顶，又终于消逝于晚唐的风烟里，将书魂凝刻进书学的一个个峰峦之中。

　　宋末元初的郝经曾说："皆以人品为本，其书法即心法矣。故柳公权谓心正则笔正，虽一时讽谏，亦书法之本也。"字如其人，古来如此。

（刊于《荆州日报》）

刚正威武有气节——四任御史颜真卿

颜真卿（709—785），字清臣，祖籍山东临沂，为琅琊颜氏后裔，家学渊博精深。五世祖颜之推著有著名的《颜氏家训》。

颜真卿三岁时丧父，由其母抚养长大。他少时即非常喜欢读书练字，因为家中没钱买笔墨纸砚，就用刷子蘸着黄泥水在墙上日夜苦练。

后来，颜真卿拜"草圣"张旭为师。经过数十年锤炼与潜心钻研，终于成为一代书法大家。他创造了形神兼备、雄伟刚劲、大气磅礴的"颜体"，与柳公权并称"颜筋柳骨"。

颜真卿的楷书朴拙雄浑、雍容大度，《颜勤礼碑》一直是后世临习的范本，一度有"学书当学颜"的说法。他的行书遒劲郁勃、气度恢宏，具有盛唐风度，代表作《祭侄文稿》被誉为"天下第二行书"。苏轼曾云："诗至于杜子美，文至于韩退之，画至于吴道子，书至于颜鲁公（颜真卿曾受封鲁郡公，人称'颜鲁公'），而古今之变，天下之能事尽矣。"

"文武双全，横扫燕赵建奇功；人如其字，刚正威武有气节。"在唐史中，颜真卿出名的不仅是书法，还有刚烈忠直的气节。开元年间，颜真卿以进士甲科及第。他为官清正廉洁有政声，曾四次被任命为御史。

颜真卿于 746 至 749 年间，两次任监察御史，奉命巡查河东、陇州。天宝八年（749 年）、天宝九年（750 年），又两次任殿中侍御史。不久，因得罪杨国忠被调离出京，降为平原郡太守。

在平原郡任上，颜真卿"废苛政，黜奸小，除奸诡，进忠良"，百姓安居乐业、道途不惊。为此，他的好友高适写下了《奉寄平原颜太守》——"皇皇平原守，驷马出关东。银印垂腰下，天书在箧中。自承到官后，高枕扬清风。豪富已低首，逋逃还力农"，表达了对颜真卿造福一方百姓的赞赏之情。

然而，平原郡属安禄山管辖。对野心勃勃的安禄山，深明大义的颜真卿早有防范。天宝十四年（755年），安禄山反叛，颜真卿挺身而出，举义讨贼，勇猛斩敌首万级，生擒一千余。唐玄宗听闻后，感慨万千地说："朕不识真卿何如人，所为乃若此！"

因立下赫赫战功，颜真卿被召回京城，拜户部侍郎，次年改吏部侍郎，后又转为尚书右丞。广德二年（764年），颜真卿被晋封为鲁郡公，"颜鲁公"之名由此而来。

颜真卿留下的诗文不多，却有一首大家耳熟能详的《劝学》诗："三更灯火五更鸡，正是男儿读书时。黑发不知勤学早，白首方悔读书迟。"

他还曾在被贬之地，给子孙写下《守政帖》："政可守，不可不守……当须会吾之志，不可不守也。"这篇从政家训言简意赅、用词恳切，告诫子孙无论身处何境，都须以国事为重，坚守为官之道，保持刚正不阿的品格，绝不向恶势力低头。

《颜氏家庙碑》，全称《唐故通议大夫行薛王友柱国赠秘书少监国子祭酒太子少保颜君庙碑铭并序》，是颜真卿七十二岁时为其父亲颜惟贞镌立，撰文并书。该碑通篇刚劲严整，雄伟挺拔，为颜书中最庄重者。明王世贞在《弇州山人稿》中评论此

166

碑说："风稜秀出，精彩注射，劲节直气隐隐笔画间。"清代学人孙承泽评价此碑："鲁公忠孝植于天性，殚竭精力以书此碑，而奇峭端严，一生耿耿大节，已若显质之先人矣。"

《颜氏家庙碑》字里行间叙述着颜氏家族的"德行、书翰、文章、学识"。颜真卿赞扬其父颜惟贞继承了颜氏家风——"纷纶盛美，遂举集于君"，同时也勉励自己和后世子孙将颜氏家教、家风、家学融汇一体，发扬光大——"幸承遗训，叨受国恩，既荷无疆之休，敢扬不朽之烈"。

人如其字，字如其人。颜真卿不仅在书学史上树立了一座巍峨的丰碑，其高尚人品和报国为民的一生也为后世景仰。其人其书，皆为典范。

（刊于中央纪委国家监委网站）

清廉如水　心若荷香

有一次临帖，我不小心将一滴墨汁滴入盛满清水的笔洗中，只见那墨水迅速沉入杯底，而后缓缓扩散开来，直至整杯水变得浑浊。

"爸爸，你有没有方法把这杯水变清亮？"在一旁牵纸的儿子问道，我顿时陷入了沉思……

人生如水，一滴墨足以改变本色；廉洁如水，容不得半点污染。

为官者，一旦伸出贪婪之手，如沾上罂粟的"瘾君子"，后果难以想象，必悔恨终身；从政者，一朝怀有贪欲之心，似打开闸门的洪水，一发不可收拾，最终自取灭亡。

"以前，单位每年都开展廉政警示教育，当时没有当回事，现在进了监狱，才后悔莫及。"每每听到职务犯罪服刑人员的现身说法，总是能切身感受到廉洁从政的重要性。

以古为镜，方能行稳致远。

隋朝赵轨有深夜读书的习惯，喜欢点燃沉香熏屋，以提神醒脑。有一天，他的老朋友送来一斤沉香。当时，赵轨不忍拒绝，但又不能据为己有，于是借题发挥："邻居有一棵桑树，部分枝丫伸到我家院子里来了。每到成熟时节，又大又红的桑葚落得满地都是，我便赶紧叫家人把桑葚捡起来送还邻居，并告诉儿子：我绝不是借此谋求虚名，只是因为不是劳作所得的东西绝不能要。"老朋友听后深感敬佩，便把沉香带了回去。后来，隋文帝征召赵轨入朝做官。在他上路进京之时，父老乡亲聚集在路口，擦着眼泪说："别驾在此任官，从不受贿纳物，犹如水火不相交，因此不敢用壶酒相送。您清廉如水，特此斟上一杯水为您饯行。"赵轨含泪一饮而尽，同百姓依依话别。

据《竹坡诗话》记载：北宋时期有位州官，为人极其廉洁。一天晚上，有人从京城送来一封上司的来信。他猜想这一定是朝廷的重要指示，马上命令公差点上蜡烛阅读。谁知读了一半，他却命令公差把官家的蜡烛吹灭，把自家的蜡烛点上，继续往下看。公差很纳闷，难道官家的蜡烛不及他家的亮吗？后来才知道，那封信有一小半是关于他留在京城家属的情况，他认为这是私事，不能点官家的蜡烛。在有些人看来，为了半封家书竟然换烛再读，实在有点"小题大做"。但正是小事，最能反映一个人真正的品格，足以让如今某些公车私用、私餐公报、公费私游等揩公家"油"的领导干部们汗颜。

清代张伯行被康熙誉为"天下清官第一"。在他为官期间，一切属于私人的花销包括衣服穿戴、蔬菜米麦，甚至是磨面的牛、石碾都是从河南老家带来的。正因为他为官清廉，心系百姓，从不以私废公，才深受百姓爱戴。江苏百姓建春风亭为他立祠；福建百姓在鳌峰书院旁为他建祠塑像；山东百姓在五岔口给他立生祠。及他去世，雍正赐"清恪"两个字给他做谥号，说他为官清廉，恪勤职守，而他的名字也得以千古流芳。

"坏崖破岩之水，源自涓涓；干云蔽日之木，起于葱青。"只有像赵轨、张伯行等这样心明如水、一尘不染的人，才能做到心有所畏、言有所戒、行有所止，才不会被人情世事所累，才能在风云变幻的官场安守本心、勤俭自勉，才能心系百姓、

169

造福一方。

"智者不为非其事，廉者不求非其有。"新时代的党员干部，一定要廉镜时时照、警钟常常敲，时刻慎独、慎初、慎微，竭力保持清廉如水、纤尘不染，方能纯净悠长、宛若珠玉。

一阵清风拂过，我从沉思中醒来。此时，书房内的白仙子暗香袭来，我走近一瞧，发觉前几天投入了几条观赏鱼的陶瓷水缸内，水变得浑浊，失去了往日的灵气和清澈。哦，鱼，"欲"也，"水无鱼则至清"，为人从政当少"欲"，才能至清至廉。

（刊于湖北省纪委监委网站）

善念如水　润我心田

小时候，老家有个大院子，围墙外种满葱葱翠竹，四季风过竹响，院子却显得格外静谧。

院内有一棵大枣树和两棵小柿树。枣树临路生长，每到成熟时节，硕果累累，格外诱人。但真正吃枣的时候，偏向院外的树枝上却所剩无几，枣子已被过往的一些乡亲和小孩用竹竿或鹅卵石打掉。

好几次，妹妹哭闹着要父亲把那些枝条砍去。有一回，父亲实在忍不住拿起篾刀爬上了树，爷爷发现后对父亲一顿训斥："砍什么砍，几个枣子又不是金砣砣，值得这样吗？让别人看笑话多不好！"后来，每年打枣时，爷爷都要奶奶拣最大最红的装成小袋，挨家挨户地送给乡亲们尝鲜，枣子吃在嘴里也似乎越来越甜。

爷爷的善心和大方不是装出来的，是他的真我不藏、自然流露。

院里另外两棵柿树，长势虽慢但产量喜人。每逢秋季采摘柿子，爷爷总叫父亲留下十几个在树上，令我们很是不解。爷爷说："那是留给过冬的麻雀们的，兴许能救好些命呢，动物的生命也一样可贵。"

不仅如此，爷爷对任何生命都是十分尊重和敬畏的。墙角的一棵野树苗，屋檐下的几株野花，爷爷都会用破盆烂罐装养起来，待长大后，或栽种在房前屋后，或置放在围墙上、窗台下。因此，老家变得鸟语花香、树木葱郁，清风徐来，令人心旷神怡。左邻右舍路过，纷纷投来羡慕的目光。

读小学时，乡野麻雀特多，每到其生育季节，一些高年级学生便以掏鸟窝为乐。爷爷坚决不让我们做这些事，说玩麻雀蛋会长雀斑，还会背时（公安方言，寓意"倒霉"）。其实，爷爷是在教育我们保护生命，多做好事和善事，行善积德。

爷爷常说："心存善念，天必厚佑。"因为善是一种品性，以善心善念待人，便多了理解和宽容，多了谦虚和真诚；善也是一种美德，以善言善行处世，便少了误会和抱怨，少了骄傲和虚伪；善更是一种智慧，工作中善学善做，便多了由衷的赞许和颔首，内心也会变得更加丰盈和快乐。

如今，爷爷已有 92 岁高龄，除了背有点驼、耳有点背，仍健步如飞、生活自如，每天将自己收拾得清清爽爽、干干净净。我猜想，这一定与他的善心有关。只有保持善念，心才会更敞亮与明净，人就能更健康与长寿。

"上善若水，止于至善。"爷爷如"水"的善念如涓涓细流，潺潺不断，润我心田，又似黑夜里的一盏明灯，一路"照"我奋勇前行、无所畏惧。

（刊于湖北省纪委监委网站）

奶奶的良言

"春城无处不飞花，寒食东风御柳斜。"打开尘封的记忆，奶奶勤劳朴素的身影历历在目。

奶奶一生默默无闻，平淡而简单。从未见她抱怨过什么，也没见她与谁斗过嘴、吵过架，她总是心平气和、快快乐乐地生活。

奶奶的一手针线活闻名十里八乡。听父亲说，小时候一家人的鞋子都是奶奶一针一线缝出来的。她衲的鞋子不仅花样多，而且穿着好看又舒服。当时年轻人结婚流行做"喜鞋"，附近人家有喜事都会提前接奶奶去做鞋子。奶奶总是用她的巧手给鞋子绣上漂亮的牡丹等花卉，寓意喜庆吉祥。

奶奶说，做鞋子就像做人，不仅要真材实料，还要精益求精，一针一线严丝合缝，更不能缺针少线。奶奶虽大字不识一个，但她朴实的话语中却蕴藏着大道理，让我受益终生。

奶奶一生节俭，与人为善。

我刚进入小学的时候，她就经常给我讲古人勤俭持家的故事。我至今都还记得反映明朝开国皇帝朱元璋生活简朴的歌谣："皇帝请客，四菜一汤，萝卜韭菜，着实甜香；小葱豆腐，意义深长，一清二白，贪官心慌。"奶奶还经常对我说，"攒钱好比针挑土，花钱就像浪冲沙"，让我从小就知道了节约可贵、挥霍可耻的道理。

我参加工作后，难免会与同事磕磕碰碰，有时得不到妥善处理，双方就会一直处于"冷战"状态。奶奶知晓后，谆谆告诫我："千万要记住啊，离群的羊就是狼的'饭'！"第二天，我与同事就"化干戈为玉帛"。

　　还有很多诸如此类的良言"家训"："人活八十八，莫笑人家聋和瞎"，让我明白尊敬他人的道理；"行路能张口，天下随便走"，嘱咐我多与领导、同事沟通；"假如你是白菜，就要长成最好的一颗"，激励我要积极上进、努力成才……

　　奶奶的这些"妙语"，就像高度浓缩的精神食粮，不断给予我营养和智慧，让我在成长的过程中，成为她所希望的"大的样子"。

　　奶奶留给我的这些宝贵的精神财富，将永远指引并激励着我——砥砺前行、奋发有为。

（刊于湖北省纪委监委网站）

独爱莲花

"江南可采莲,莲叶何田田,鱼戏莲叶间。鱼戏莲叶东,鱼戏莲叶西,鱼戏莲叶南,鱼戏莲叶北。"这首汉乐府的《江南》,或许只是荷塘采莲人的信口之作,但生动而简约,把夏日江南田野间的生活气息与恬乐场景呈现得鲜活而明朗,让人仿佛身临其境。

有人说,这也是一首民歌,诗中的前三句为领唱,后四句为众人唱和。我觉得也有道理。古人喜欢称荷为"莲",因为"莲"与"怜"同音,有怜惜、怜爱的意思。南朝乐府《西洲曲》云:"采莲南塘秋,莲花过人头。低头弄莲子,莲子清如水。"爱莲、惜莲的情怀跃然纸上。

小时候,家住长江边,一年四季受湖水的润泽。特别是一到夏季,我们兄弟几个就会随爷爷到淤泥湖去采莲子。大家头顶着荷叶,划着小木船,风一样前进。水性好的,直接在荷叶中间钻来钻去……

青嫩的莲蓬,在夏风中摇曳,芬芳的湖面上白帆点点、渔歌声声……

成家立业后,夏日乡间荷塘嬉戏的天真快乐,"采莲南塘秋"的悠然自得,都变成童年的美好回忆。但夜深人静时,我偶尔还会在心里默诵朱自清先生的《荷塘月色》,抚慰自己对荷花与湖水的丝丝念想。

后来，我还专门写过一篇《莲花赋》，以毛笔书写后挂于老家中堂之上。内容如下：

滢滢青莲，节节贯通。圆叶仰仰，坚茎站站。品之甘冽，悟之如谏。谦若君子，亭如淑女。近观深秀，冰清玉洁，格调高远，本无俗尘气；远眺蔚然，明媚娇妍，韵味极雅，自在水云乡。嗟乎！莲之清正，物物倾爱；莲之质性，泛美溢美；莲之淡泊，净洁为尊。远红尘喧嚣，守廉节淡雅。嗟乎！穷其词章难书其韵，泼尽彩墨难绘其神。为莲作赋，虔表慕之。

有一次去武汉学习，朋友带我到武汉"东湖荷园"夜游了一番。这个"中国荷花研究中心"有近700种珍品荷花，都被收录到《中国荷花品种资源图志》中，其中包括以革命根据地、革命精神等主题命名的荷花60余种。当晚，我们竟意外地欣赏到了"两袖清风"与"风清气正"两款"廉荷"。

"'两袖清风'是该中心从混合实生苗中选育的新品种，为半重瓣类复色莲型，花色变化多样，似纷繁复杂的现实社会，但其花态规正圆满，花心为绿色，清新干净，清润雅致，犹如两袖清风的人民公仆。"朋友激动地对我说。荷花从污浊的环境中走出来，却始终保持纯洁的品质而不沾染坏习气，正所谓"出淤泥而不染，濯清涟而不妖，中通外直，不蔓不枝"。

回来的路上，我心里一直在想：莲花把高洁、清丽和雅致奉献给了我们，我们也该拿一方纯洁、干净、无污染的好水土去回应莲花的初心。

（刊于湖北省纪委监委网站）

以史为鉴　继往开来

"以铜为鉴可以正衣冠，以人为鉴可以明得失，以史为鉴可以知兴替。"浩瀚历史蕴藏着历朝历代的兴衰之道，我们可从中汲取人生的智慧和前行的力量。英国历史学家西蒙·蒙蒂菲奥里的《大人物的世界史》，正为我们了解世界历史打开了一扇窗。

作者依时间顺序、以生动的笔触勾勒出 166 位对世界历史有重要影响的人物的生平与逸事。全书跨越 3000 多年历史，从公元前 1302 年出生的拉美西斯大帝起始，至 2011 年被击毙的本·拉登结束。书中既有先知、帝王、总统，也有作家、艺术家、科学家，还有征服者、探险家……它不失为一部精彩绝伦的"大人物列传"。

"此书把对这些人物评判的权利交给读者。"起初，蒙蒂菲奥里试图将这一百多人分成"好"与"坏"两个阵营，最后却无法如愿，因为诸多历史人物都极具多面性、复杂性。比如，命运跌宕起伏的拿破仑与彼得大帝，既有令人致敬的闪光点和辉煌战绩，也有致命的性格缺陷及充满争议的人生轨迹。但是，只要这些人影响和改变了世界历史的走向，就有被记载和书写的权利，而不是遗留在风沙中，成为一抹斜阳，消失于黑暗里。所以，蒙蒂菲奥里也表示，写作此书的"目的就是鼓励读者去更多地发掘那些大人物的生平，正是这些人，不论男女，造就了我们现在生活的世界。我们必须理解过去，才能理解现在和未来"。

《大人物的世界史》既是一本适合广大史学爱好者品鉴的人文读本，也是一本值得推荐的历史教辅书。作者善于化繁为简，以通俗易懂、妙趣横生的笔调，在有限的篇幅里展现历史之宏大和壮美，也让读者切身感受到帝王将相的雄韬伟略、政治家的高瞻远瞩、军事家的运筹帷幄、思想家的深邃睿智、文学家的悲天悯怀、音乐家的才华横溢、科学家的矢志不渝，从而带给人们智慧的启迪。

蒙蒂菲奥里展示了他高超的叙事才华，那些我们所熟知的历史人物——孔子、贝多芬、恺撒、托尔斯泰、撒切尔等，在他的笔下，不但呈现出丰富的内涵、饱满的精气神，也让读者看到他们鲜为人知的一面。同时，该书"不虚美、不隐恶"，注重诠释生命价值、汲取历史教训，以鲜活的事例徐徐打开历史之门，拉近了历史与现实的距离。

哲学家西塞罗曾经说过："对诞生之前的事件一无所知，人类的生命将毫无价值，除非是把自己的生命汇入祖先生命的历史长河之中。"古今中外，卓越人物灿若群星，关注了解这些杰出的"大人物"，以史为鉴，继往开来，不断提升精神格局和人生底蕴，这是品读该书最大的收获。

（刊于中央纪委国家监委网站）

知行合一的心学智慧

《传习录》是王阳明的论学语录和书信集，蕴藏着为人处世的大智慧，是学习研究阳明思想的首选读本。曾国藩、康有为、孙中山、梁启超等人均对此书推崇备至，国学大师钱穆更是将其列为"中国人所人人必读的书"之一。

王阳明（1472—1529），本名守仁，浙江余姚人，因被贬贵州时曾居住于阳明洞，故称阳明先生。他是明代著名的思想家、文学家、书法家、哲学家和军事家，官至南京兵部尚书、都察院左都御史，因平定宸濠之乱有功而被封为新建伯，隆庆年间追赠新建侯，谥文成。《明史》赞其"始以直节著。比任疆事，提弱卒，从诸书生扫积年逋寇，平定藩。终明之世，文臣用兵制胜，未有如守仁者也"。清代王士禛赞其为"明第一流人物，立德、立功、立言，皆居绝顶"。

《传习录》既是阳明心学体系的集中体现，又是了解中国传统文化之历史发展的一部重要典籍，还是一部可与南宋著名理学家朱熹的《四书集注》比肩的心学经典。里面的句句箴言足以让熙熙攘攘的众生驻足拭目，为封建社会后期发展变革程朱理学奠定了深厚基础。其倡导的学术思想更是由中国传至日本、朝鲜半岛以及东南亚，对后世影响巨大。

《传习录》堪称"心学"第一书，分为前言、序，传习录上、中、下卷，附录《朱子晚年定论》、王阳明简明年谱等。全书不但语言生动活泼、善于用譬，而且一字一言常带禅机，散发着智者的光芒，如万顷碧海广而无涯，似巍峨群山深不可测。领会其中要义需日积跬步、潜心切问、笃志近思，方能"闻其言，如日中天，睹之即见；如五谷之艺地，种之即生。不假外求，而真切简易，恍然有悟"。

《传习录上》为王阳明升南京太仆少卿，顺道回故乡省亲，与弟子、妹夫同舟归越途中论《大学》主旨的谈话，主要阐述了知行合一、心即理、"格物"是"诚意"的功夫等观点，强调"圣人之学为身心之学，要领在于体悟实行，切不可把它当作纯知识，仅仅讲论于口耳之间"。《传习录中》为书信八篇，回答了关于本体的质疑及针对各人具体情况指点功夫切要，并阐释了王学的主要内容、意义、宗旨及创立王学的良苦用心。《传习录下》主要内容是"致良知"，是阳明晚年对其毕生思想的综括与总结，提出"满街都是圣人""本体功夫合一"等观点，特别是"四句教"的阐述，更是将致知的功夫与正心、诚意、格物贯通起来："无善无恶心之体，有善有恶意之动，知善知恶是良知，为善去恶是格物。"

"心学"重在心，如何发明本心、重建心体，是王阳明思想的核心问题，也是全面理解"心即理""知行合一""致良知"等核心概念的关键。"知是行的主意，行是知的功夫；知是行之始，行是知之成。"如果"心即理"是哲学本体论，那么"知行合一"即是功夫论，"致良知"则是现实建构论。三者互为因果、相辅相成，多维度存在且互养共生，既是形而上的，又是形而下的；既是历史的，又是现实的；既是先天的，又是后天的。

走进王阳明气贯长虹的心学世界，才豁然发现一切都是那么真实不虚。治事为人，应将这种"真精神"融入血脉，以激励自我学思、践悟、笃行，以永远在路上的精察之心"日夜精进，毫不止歇"。如此，必将长风破浪、鲲鹏万里，直抵光明的彼岸。

（刊于中央纪委国家监委网站）

第三辑　清风来

从历史世界到思想世界

"贤者学习历史，获得真启发和新思想；智者思接千载，视通万里。"父亲与我讨论《古代宗教与伦理：儒家思想的根源》（增订本）一书时说道。这本书是当代中国国学大师、哲学大师陈来先生的代表作，它不仅为解码早期中国文化的发展轨迹、澄清中华民族"精神气质"的形成根源，提出了一系列独到创新的观念、看法和解释框架，而且为后来的治学者研究古代思想史开辟了极具启示性的思想路径。

《古代宗教与伦理：儒家思想的根源》是一部长销不衰的学术经典，全书分为导言、巫觋、卜筮、祭祀、天命、礼乐、德行、师儒、儒行（增订本新增此章）九章。作者综观历代论儒、释儒、说儒的看法和考释，交叉使用人类学、宗教学、历史学等方法，不仅对夏商周时代的宗教与伦理观念做了综合性的思想史研究，而且创造性地阐释了古代中国思想的特征和发展模式，对古代思想起源的研究发挥了重要的引领作用。

陈来教授以历史眼光继往开来、秉笔直书，广泛吸收了世界学术前沿研究成果，把对中国前轴心时代文化发展的研究置于世界历史的宏观框架中进行比较和考察，给出了如何以现代人的视角去理解、探究我国文明的线索。

值得一提的是，该书"涵蕴富而义类宏"，所列参考书目不下百种，涉及《尚书大传》《中国思想通史》《历史的起源与目标》等中外经典学术论著。作者善于引经据典，且条分缕析、言之有序，越读越觉甘之如饴。我们既不需凿壁偷光，也不必皓首穷经，只需用心参悟，理解作者对历史、世事的诠释与阐发，就能从中学有所获、研有所得。

"儒家思想并非只是春秋后期孔子及其弟子所创立的一个门派，它本身所代表的其实就是在中华文明中占主流思想的价值观念自身的发展。"作者希望通过轴心时代与前轴心时代"连续中的突破、突破中的连续"关系，以及夏、商、周三代文化模式的差别，寻找儒家思想的起源或根源。同时，作者从芝加哥大学人类学家雷德菲尔德的"大传统"与"小传统"切入，指出大传统为整个文化提供了"规范性"的要素，形成了整个文明的价值内核，认定大传统发展的结果即是早期儒家思想。

中国特色社会主义进入了新时代，中华文明焕发出新的蓬勃生机。《古代宗教与伦理：儒家思想的根源》（增订本）重新解读、建构中国传统文化思想，陈来教授以自己的智慧为当下中国思想界注入了新鲜血液。我们不仅应该以古为鉴，诵读经典文字，更应该从浩如烟海的典籍文献中理出线索，探源中国文明的基因和思想历史。正如陈来教授在一篇报道中所说："我是打通五千年的，不是只做这一千年的。我想对中国思想史、哲学史从头到脚做通贯的研究。我的视野也是面对全世界的……"

（刊于中央纪委国家监委网站）

清朝宰相刘墉：为官清廉有政声

刘墉（1719—1804），字崇如，号石庵，出生于山东诸城。

刘墉学识渊深，博通经史百家，历任翰林院庶吉士、太原府知府、江宁府知府、内阁学士、体仁阁大学士等职，历经乾隆、嘉庆两朝，以奉公守法、清正廉洁闻名于世。

1

刘墉出身官宦世家，曾祖父刘必显是顺治年间进士；祖父刘棨曾担任四川布政使；父亲刘统勋则为东阁大学士，身兼军机大臣，乾隆赞其"遇事既神敏，秉性复刚劲，得古大臣风，终身不失正"。曾经热播的电视剧《天下粮仓》，说的就是刘统勋的故事。

刘墉曾祖刘必显为人"崇惇厚，黜浮华"。祖父刘棨继承家风，留下家训："当官清廉，积德行善，官显莫夸，不立碑传，勤俭持家，丧事从简。"刘墉的一件马褂从乾隆皇帝穿到嘉庆皇帝，便是继承父亲清廉之德的有力体现……

刘墉1751年中进士，入仕途。1756年，刘墉离京，开始任地方官。此后的二十余年时间里，刘墉做过学政、知府和督抚大员。

执政地方官期间，刘墉不但刚正实干、执法公严、勤政爱民、克己奉公，而且革除了科场、官场的不少弊端，被当地百姓称为"刘青天"。

1780 年，刘墉升任湖南巡抚。当时湖南受灾严重，民不聊生，盗案频发，贪官污吏猖獗。刘墉到任后一面查明情由，据实严办知县、知州；一面稽查库存，修筑城郭，建仓储谷，赈济灾民。仅一年余，库银充实，民粮丰足，大家都把刘墉比作包拯。

2

1781 年，刘墉升任为都察院左都御史，次年三月任职南书房，不久又充任三通馆总裁。

此时，御史钱沣弹劾山东巡抚国泰结党营私，刘墉奉旨偕同和珅审理山东巡抚舞弊案。刘墉至山东假扮成道人，步行私访，查明山东连续三年受灾，而国泰邀功请赏，以荒报丰。征税时对无力缴纳者一律拿办，并残杀进省为民请命的进士、举人 9 人。

刘墉如实奏报朝廷，奉旨开仓赈济百姓，捉拿国泰回京。当时皇妃说情，部分御史从旁附和，和珅有意袒护国泰。刘墉顶着压力，秉政公平、明察秋毫，遂以民间查访所获铁证，历数国泰罪行，据理力争，终使国泰伏法。

乾隆去世后，嘉庆削去和珅军机大臣、九门提督等职务，而刘墉重新担任上书房总师傅职务，并入内当值，可以随时为皇帝出谋划策。

1799 年，刘墉被加封为太子少保，奉旨办理文华殿大学士和珅植党营私、擅权纳贿一案。刘墉再次展现出不畏权势的一面，查明和珅及其党羽横征暴敛、搜刮民脂、贪污自肥等罪行，奏报朝廷。嘉庆随即处死和珅。

当时朝中要求凌迟处死和珅的呼声很高，但刘墉认为和珅是乾隆一朝的重臣，应该保全先帝颜面，最好让其自缢保留全尸。同时，为避免有人在和珅一案中浑水摸鱼，实施报复，刘墉又建议嘉庆谨慎处理此案。嘉庆听其建议，在和珅自缢的第二天即宣布案件审理完结，不再追究其他党羽。

对"清朝第一大贪官"和珅的处理，深得民心。在这件事情上，刘墉并没有徇私报复，而是秉公处理，一位政治家的胸怀和气度由此彰显。

3

刘墉不仅是政治家，更是著名的书法家，是帖学之集大成者，与成亲王、翁方纲、铁保并称为"清代四大书家"。

《清稗类钞》曰："其少年时为赵体，珠圆玉润，如美女簪花。中年以后笔力雄健，局势堂皇。迨入台阁，则炫烂归于平淡，而臻炉火纯青之境矣。"

刘墉师古而不拘泥，是一位善学前贤而又富有创造性的书法家，其点画全由古人法度而来，转化巧妙而不留痕迹，简练的外表下隐藏着深不可测的丰富内涵。因其用墨厚重，体丰敦实，被后人称为"浓墨宰相"。

清朝徐珂称赞刘墉："文清书法，论者譬之以黄钟大吕之音，清庙明堂之器，推为一代书家之冠。盖以其融会历代诸大家书法而自成一家。所谓金声玉振，集群圣之大成也。其自入词馆以迄登台阁，体格屡变，神妙莫测。"

据《清史稿·刘墉传》记载，晚年的刘墉将生平洒脱之心性浸透字里行间，其墨迹可谓貌丰骨劲、味厚神藏、超然独出，因此朝野内外渴求刘墉墨迹之人多如牛毛。可是刘墉却极少以字酬人，甚至当朝同僚也很难得到刘墉的真迹。

刘墉还兼工文翰，精研古文考辨，名盛一时。著作《石庵诗集》，流传甚广，为后人留下不朽的艺术瑰宝。

（刊于《荆州日报》）

一代廉吏于成龙：高行清粹为典范

于成龙出生于官宦世家，在家学的熏陶下，"清廉"二字始终贯穿于他一生的思想、言行和仕途之中。为此，于成龙上受朝廷盛赞，下得百姓爱戴，被康熙誉为"天下廉吏第一"。

大器晚成　崇勤尚廉

于成龙（1617—1684），字北溟，号于山，清代山西永宁州（今山西省吕梁市离石区）人。

于成龙的父亲曾大力提倡孝义之风，颇受乡人尊敬。良好的家风促使于成龙自幼苦读诗书、才智过人、见解独到，他认为读书人只要明白事理，埋头苦做实干，总有一天会成为贤明有用之人。

1639 年，于成龙参加科考，考场考官公然行贿受贿、徇私舞弊，于成龙在答卷上痛陈时弊、直抒胸臆。结果正榜无名，被取为副榜贡生。由于年老体弱的父亲无人照顾，他放弃了出仕为官的机会。直到 1661 年，四十四岁的于成龙才被朝廷委任为广西柳州罗城知县，可谓大器晚成。

临行时，他嘱托长子于廷翼，"我做官不管你，你治家莫想我"，以身许家国之志，义无反顾地踏上了永远在路上的廉吏之旅。

罗城县贫困荒芜、盗匪猖狂、生产落后。于成龙上任后，遵循"治乱世，用重典"的原则，凡"盗有犯者，立斩之，悬其首于竿"，"由是盗皆屏迹"。同时，于成龙特别注重恢复生产，常常深入田间奖勤罚懒，还亲自带领百姓修民房、建学堂、筑城墙。

短短三年时间，罗城县一改昔日荒凉凋敝的面貌，呈现出欣欣向荣的景象，方圆百里人人称颂于成龙功德无量。

当地百姓见于成龙不带家眷，插蒿棘为门，以土砾为几案，生活极其清苦，便主动给他送来一些盐、米，于成龙皆一概谢绝，他说："我一个人无须这些东西，你们拿回去孝敬父母如同我受。"

罗城县发生翻天覆地的变化，更受到两广布政使金光祖的高度赞扬。没过多久，政绩突出的于成龙就被树立为全省楷模。从此以后，于成龙先后任知州、知府、道员、藩臬二司（按察使、布政使）、督抚大员等职，所到之处，皆有政声。

宽严并济　激浊扬清

二十集电视连续剧《一代廉吏于成龙》，生动再现了于成龙官至藩臬二司、督抚大员时，曾大力整饬官场作风的故事。

他认为："国家之安危在于人心之得失，而人心之得失在于用人行政，识其顺逆之情。""以一夫不获曰予之喜，以一吏不法曰予之咎，为保郅致政之本。"于成龙便从中秋节向他行贿的官员开刀，惩一儆百，狠杀公然行贿、请客送礼之风。

当时，社会上有"州县各官病民积弊皆然，而江南尤甚"的说法。于成龙到江南上任后，常走访民间考察各地积弊，并

189

颁布了《兴利除弊约》，列举灾耗、私派、贿赂、衙蠹、旗人放债等十五项积弊，责令地方官员"自今伊始"，将所举之"积弊尽行痛革"。

与此同时，于成龙还根据自己的体会编制了《新民官自省六戒》，以"勤抚恤，慎刑法，绝贿赂，杜私派，严征收，崇节俭"作为地方官的行为准则。这一系列举措，让官场风气为之一新。

于成龙所到之处，"官吏望风改操"，康熙帝赞其"宽严并济，人所难学"。

此外，于成龙还十分注重教育和科考。他不但大力兴办学堂，鼓励少数民族子弟读书，还经常劝导官宦乡绅捐资助学，兴办"义学"。

江南地区人才辈出，文化繁荣。但经常有一些地主豪强，买通考官，扰乱当地考场秩序，使得寒窗苦读的莘莘学子常常被排挤在榜单之外，虽皓首穷经却没有出头之日。针对这一现象，于成龙规定：一旦发现有舞弊行为者，"立刻正章入告，官则摘印，子衿黜革候者按律拟罪。其蠹胥、奸棍即刻毙之杖下"。

于成龙在二十多年的官场生涯中，曾三次被举"卓异"，被康熙称许"真国家之可重，人所不能也"。

清操苦节　享誉一时

于成龙以清廉节俭著称，甘守淡泊，不以为苦。

据说他每天以"屑糠杂米为粥，与同仆共吃"，甚至"日食粗粝一盂，粥糜一匙，侑以青菜，终年不知肉味"，被百姓亲切地称为"于青天""于青菜""于豆腐"。

于成龙不仅有治世才学，还长于诗书著述。他的手稿、书法、诗词等作品先后被人辑录成书，后世留有《于山奏牍》七卷和附录一卷，《于清端公政书》八卷。他任职直隶和两江总督期间，组织编写了《畿辅通志》四十六卷、《江南通志》五十四卷，为后世研究当时当地政治、经济和文化提供了详细的资料。

康熙四十六年（1707 年），于成龙长孙于准，秉承先祖遗风，在整理编纂《于清端公政书》的基础上，总结汲取于氏先祖的家风家训，历时四年续修《于氏宗谱》，编订《于氏族规》二十二条、《于氏家训》四十一条，使于氏族规家训成为吕梁于氏族人世代践行的行为规范。

于成龙一生鞠躬尽瘁，上不负朝廷重托，下不负苍生民愿。他淡泊名利，勤勉为官，终因积劳成疾逝于任上，终年六十七岁。僚吏清点于成龙遗物时，床头仅靴带两条、绨袍一领，堂后粟米五六斗，盐豆豉数钵。消息传出，南京城里男女老幼都痛哭不已，如丧考妣。

康熙帝破例亲自撰写碑文并题写"高行清粹"匾额给予褒扬，表彰他廉洁清苦的一生。

（刊于《荆州日报》）

做鞋如做人

中秋月甚明，候鸟声声过。慈母千遍缝，心似纳鞋线。儿时记忆中，母亲总是低着头，在昏暗的油灯下衲鞋，只见麻线穿过厚厚的鞋底，发出"吱吱"的声响，只需两个白天，一双崭新的千层底便会呈现在眼前。

母亲聪慧能干，一直负责我们的脚下工程——千层底的制作。说是工程，其实一点也不为过。因为做鞋工序繁缛，用料标准严格，做工极其考究，可谓费时、费力、费心血。

千层底制作复杂，光是原料和工具就要十几样，大的工序有30多道，总工序要近百道，一双鞋至少需要4000余针。为了做出美观舒适、经久耐用的千层底，母亲对每一个衲鞋步骤都一丝不苟，讲究尺寸、手法、力度，要求干净、利落、准确。

做鞋第一步，先将废旧棉布衣物用糨糊一层层地粘贴在一起，贴至1.5毫米左右，然后拿到太阳底下晾晒成布片，俗称"打袼褙"。下一步是切底，把袼褙剪成各种鞋码的鞋样，再用白布条给鞋底包边、黏合、圈底。

最后一道工序为衲底，也最为烦琐。正常的鞋底只需三五块布片，可母亲增至六块之多。这无疑增加了衲鞋的难度，加上麻绳粗、针眼细，母亲必须使出更大力气来穿刺和拉线。可母亲顾不得这些，哪怕被针扎出血也要将鞋底衲紧、衲实、衲均匀。每当做好一双鞋，母亲都会把我们喊去试穿大小，摸着合脚便放了心。

　　每年腊月是做千层底的最好时节。这时农活少、时间足，村庄儿女各当家，五六妇人围坐在我家竹院里各显身手。那些飞扬灵动的麻线，时而横平竖直，时而撇舒捺展，行云流水一般，好似充满了真草章法和篆隶意趣，欢乐的笑声在农家小院里来回飘荡。

　　"妈，您做的鞋穿着舒适轻巧，可为什么要挑又厚又粗的布做鞋底，这样衲起来不是特别费劲吗？"有一次我不解地问道。

　　"呵呵，是不好衲啊。棉布填千层，麻线扎千针，只有这样衲出的鞋底才结实耐用，即使踢到石坎、踩到玻璃上，也不用担心伤到脚。"母亲笑道。人不可貌相，鞋也不能嫌布丑呢。

　　"做鞋如做人，一定不能偷工减料、缺针少线。手脚敷衍过去了，工夫和材料耽搁了不说，还没法弥补，而且衲出的鞋会'破肚''掉牙'。只有一针一线严丝缝合，一心一意坚持下去，成功才能指日可待。"母亲的谆谆之声不绝于耳。

　　母亲常常说，凡事不做则已，要做就做到做好。就像写文章，要多阅读领悟、多体会揣摩，积累丰富的写作经验，这样才能成为一名真正的好作家。后来，母亲学着电视里的做法，根据现代人求新、求美的心理来制鞋，衲的鞋不再是清一色的"黑"，而呈现出天蓝、粉红、翡翠绿等颜色各异的斑斓模样。她还运用朵花、碎花、绣花等装饰，采用的面料也从棉布发展到毛呢、平绒、牛仔布、帆布等材料。母亲俨然成了一位制鞋技师。

　　"最爱穿的鞋是妈妈衲的千层底呀，站得稳呐，走得正，踏踏实实闯天下……"每次听到这首《中国娃》，一种想回家的冲动油然而生。

成家立业后，我依然喜欢穿母亲做的千层底，因为踏实、舒服、不变形，时常感觉一股砥砺前行的正气和力量充溢心间。

（刊于《荆州日报》《荆州清风》）

为科学插上哲学的翅膀

霍金曾宣称:"哲学已死,哲学跟不上科学,特别是物理学现代发展的步伐。在我们探索知识的旅程中,科学家已成为高擎火炬者。"随着科学日新月异的发展,哲学的渐次暗淡是否意味着科学技术世界以及适应这一世界的社会秩序的胜利?

"科学时代,哲学何为?"哲学思想对纷繁人世有何指导意义?科学为世界提供了怎样的整体解释?我们应当怎样看待哲学与科学的辩证关系?《哲学·科学·常识》对这些问题做出了探索与解答。

陈嘉映 1952 年生于上海,著名哲学家,首都师范大学哲学系教授。他为中国哲学界译介了两部极其重要的德语哲学著作:海德格尔的《存在与时间》和维特根斯坦的《哲学研究》。他善于从纯粹的哲学思辨中跳出来,思考哲学对生命与人生观的"观照",曾被学界誉为"中国最可能接近哲学家称谓的人"。

《哲学·科学·常识》分上、下两篇。上篇又分理性与哲学、从希腊天文学到哥白尼革命、近代科学的兴起三章,回顾了哲学方式的整体解释到科学方式的转变,从先民对世界的朴素感应,到希腊哲学的奠基性影响,再到哥白尼革命之后近代科学革命的图景。下篇分经验与实验、科学概念、数学化、自然哲学与实证科学、通过反思求取理解五章,以专题讨论的方式梳理和揭示了诸多困惑及问题,如日常概念与科学概念的关系，数学为什么是科学的硬核，物理学又是如何寻找不含杂质的实在的。最后一章则集中讨论常识、科学、哲学三者的关系，也回应了作者开头提出的问题"哲学的命运，或者，思想的命运"。

该书是教育部人文社会科学研究"十五"规划第一批立项课题"科学世界与日常世界的分合"的成果。全书引经据典、旁征博引，从弗雷泽、马林诺夫斯基到莱布尼茨、牛顿，再到达朗贝尔、拉格朗日……通篇看似信手拈来、恰到好处，实则匠心独运、苦心孤诣，这也正是作者厚积薄发、潜心积淀的智慧闪现与彰显。

全书大量借用了科学哲学的研究成果，但并非一本艰深难懂的学术论著，而是以最简明鲜活的语言和精准的力道切入宏大深邃的话题。书中诸多观念、问题相互碰撞、缠绕和渗透，最后被阐明、澄清并采掘出本质的源泉。正如作者所说，该书既不是一个开端，也不是一个结论。它只是对困惑中的一些片段进行思考，多多少少按一个主题组织起来，这个主题是哲学和科学的关系，以及两者各自和常识（或曰自然解释）的关系。

文章的结构、语言固然重要，倘若没有深厚的思想做支撑，便似虚有其表的防护墙，不堪一击。正如陈嘉映在书中所说："离开了学，离开了和科学的紧密联系，我们仍然可以在周末消闲版上把哲学进行到底，用随感和格言写写大众喜闻乐见的人生哲学。我们不再有帕斯卡那种'随感录'、那种思想。"读懂弄通该书所蕴含的精髓要义，不但可以为我们破解罔殆、反省自身提供深谋远虑的意见，还能加深对大千世界的深刻感知和体悟。

"哲学本质上是一门关于真正开端、关于起源、关于万物之本的科学。"本书指引我们以哲学的角度重新审视何为科学，也带给我们诸多启示。科学的发展演进不是靠揣摩、假设和经验定律，"而常常是暴风骤雨的'观念革命'，甚至是宇宙观的整体颠覆"。换句话说，哲学既是能让我们认识科学的星斗，也是能让我们走出人生的迷宫，最终学到"常识"的殿堂。

"为学日益，为道日损。"哲学是求道、爱智之学，如果我们只能看见试图发现的事物与常识，只能望见视力范围之内的过去与将来，科学的翅膀将会逐渐萎缩或下垂。精神的力量不可低估和小觑，对于勇毅向上的求知者，研读其书意味着"从无到有"，能够加深我们对事物本质的理解，哪怕处于人生的极限状态，也会在心灵的界域越飞越高、越飞越远。

（刊于中央纪委国家监委网站）

第三辑 清风来

"慎独"需时刻谨记于心

"慎独"最早载于秦汉儒家著作《礼记·中庸》一书，意思是，当一个人独处的时候，也能自觉做到表里如一，时刻严格要求自己，不做任何不道德的事。

慎独，是我国古代先贤倡导的一种自我约束和修养方法。三国时的刘备有云："勿以恶小而为之，勿以善小而不为。"宋末元初的许衡有云："梨虽无主，我心有主。"清代林则徐有云："海纳百川，有容乃大；壁立千仞，无欲则刚。"这些无一不是慎独自律、道德完善的有力体现。

"圣人敬小慎微，动不失时。"《论语·为政》记述了这样一段对话：子贡问老师孔子怎样做一个君子，孔子告诉他"先行其言，而后从之"。意思是说，先去实践自己想说的话，等到真的做到了之后再把它说出来。道理虽简单，但孔子却一语道破了成为君子的要诀之所在，而他自己其实就是知行合一、言行一致的最好典范。

在公共场合与"探照灯"下遵规守矩容易，但独处时依然洁身自好、慎微慎初，则需要有极强的自觉性、自制力、意志力和极高的道德修养。因此，现实生活中，有些人"慎独"的功夫还不够深，自身修养和道德觉悟还不够高，以致滑向罪恶的深渊。

"不矜细行，终累大德"，"蠹众而木折，隙大而墙坏"。任何人的腐败堕落，都有一个从量变到质变、从有微疵到犯大错的过程。从近年来各级纪检监察机关查处的腐败案例来看，他们大多从收受一条烟、一瓶酒、一份土特产、一个微信红包等"小惠"开始，最终却一发不可收拾地走到无可挽回的地步，落得人财两空、铁窗相伴。

翻阅史料，那些真正以清廉著称的官员，无不是人前人后一个样，在小事上防微杜渐、在小节中谨言慎行。比如，"一钱太守"刘宠、"二不尚书"范景文、"三汤道台"汤斌、"四知先生"杨震的嘉德懿行、怀瑾握瑜，还有山涛悬丝、羊续悬鱼、苏琼悬瓜等拒礼佳话，都让人领略到"慎独"二字的无穷魅力和独特效用。

古人云："堤溃蚁穴，气泄针芒。"只有始终如一地在无人时、在细微处如履薄冰、如临深渊，才能练就在慎微中积下尺寸之功，锻造"金刚不坏之身"，才能在学习、工作、生活中不放纵、不越轨、不逾矩，才能不让人生之船偏离正确的航道。

面对新时代新使命，各级党员干部要常怀律己之心、常思贪欲之害、常修为政之德，尤其是各级纪检监察干部，更要堂堂正正做人、清清白白做事，以不断自我净化、自我完善、自我革新、自我提高的"慎独"之心，全力维护党的肌体健康，推进全面从严治党向纵深发展。

（刊于湖北省纪委监委网站）

第三辑　清风来

丝垂而不阿

柳，生性朴实，随遇而安。幽幽江南，莽莽塞北，都有柳的踪迹。它既可为水乡古镇添秀色，又能引得春风度玉门，还能护堤，抵御洪涝灾害。

柳不娇贵，生命力顽强，经风雨而不偃，只要一息尚存，就会生生不息。昨夜春雨后，今日截几枝，随意插于房前屋后，不久即展芽吐绿，正应了那句"有心栽花花不开，无心插柳柳成荫"。

祖父说，解放初期生活困难时，柳芽还是果腹之物。每到阳春三月，他从树上捋下满筐柳芽，洗净阴干，以瓦罐封存，助家人熬过一个又一个饥荒之日。所以，祖父至今还保留吃柳芽的习惯，说人不忘本、树不忘根。

《本草纲目》描述过柳芽的药用价值，具有清热、利尿、明目等功效。作为中医爱好者，我常以柳芽佐荷叶泡水，观之悦目，闻之清香，饮之可口，亦可去腻败火、润肺养神。

柳树浑身是宝，甘愿捐躯供百家之用：密密根叶可入药，祛病强身，滋养着黎民百姓；飘飘飞絮可作枕，蓬松柔软，呵护着耄耋老者；垂垂枝条可制篓，百转千回，帮衬着渔人耕夫；曲曲躯体可雕琢，任尔凿剔，点缀着厅堂屋室；抽去柳骨只留皮，做成柳笛日日吹……

说到柳，不得不提《诗经》。自咏出"昔我往矣，杨柳依依。今我来思，雨雪霏霏"后，折柳赠别开始盛行，更在古诗文中屡见不鲜。如："袅袅古堤边，青青一树烟。若为丝不断，留取系郎船。""水边杨柳曲尘丝，立马烦君折一枝。惟有春风最相惜，殷勤更向手中吹。""杨柳东风树，青青夹御河。近来攀折苦，应为别离多。"尤爱李白《劳劳亭》中的诗句"春风知别苦，不遣柳条青"，因他把本无知无情的春风写得有知有情：连它都不忍看到人间折柳送别的场面。

翠压青芜傲霜雪，古今多有爱柳人。如：西周大将沙俊其，种柳于崇山峻岭；陶渊明"荣荣窗下兰，密密堂前柳"，自号"五柳先生"；柳宗元带领百姓广植柳，史称"柳痴""柳柳州"；欧阳修种柳于平山堂，人称"欧公柳"；蒲松龄柳泉设茶亭，引来故事写《聊斋》；左宗棠一路西征一路种，人称"左公柳"；丰子恺爱画柳，画室名"小柳屋"……

柳枝依依，条条有情。每年四月回老家踏春，我都会剪几枝柳，挂在壁龛处迎客，听一缕缕春风叙说自己的渔樵往事。黄昏时分，则是我与祖父探讨插花之道的时候。似一棵铁柳的他说，插花讲究"如花在野"，或清爽宜人，或摇曳生姿，或宁静安详，都要如同在原野中生长一样。

祖父研究插花由来已久，他总是怀着对自然的敬畏、感恩与尊重，用极致之爱让每一瓶花更长久地存活下去。在他侘寂风格的中堂里，一枝、一花、一叶，见朴直、谨慎、节制，也见简素、静谧和自然。但所有插花中，祖父永远把柳条作为主角平衡着。

祖父深知，每一枝柳都是一片森林、一个世界。插花方寸间，姿是"形"，技是"骨"，心为"神"，三者有机统一，充分展示了"天人合一"的自然观。这三者中最易得"形"，念念不忘，必有回响；其次是"骨"，多一分为过，少一分不足；最后是"神"，用脚插花，回归性灵。

想想看，如何以形显技，以手抵心，以骨撑神，皆化为一个"简"字。

有生以来，我最喜欢两幅柳画：一幅为马远的《柳岸远山图》，删繁就简、垂练有姿、形神兼顾的柳枝，让整个画面诗意无限；另一幅是沈周的《东庄图·艇子浜》，寥寥几笔即将柳的简约朴拙、刚柔并济给呈现出来，如鱼在渊，如月素净。两图均不见繁花盛开，但花开之声、风过之痕，似听得见也看得到，流淌着四时的低语。

世人甚爱梅兰竹菊，我独恋柳之枝繁婀娜而不乱，叶细温婉而不俗，丝垂万条而不阿，风姿绰约，荣辱不惊，铁骨铮铮，气格不凡，青青翠翠萦一片风景，袅袅婷婷润一方水土。"只道梅花发，那知柳亦新。枝枝总到地，叶叶自开春。"心如止水、不争不显的柳，还有着勃勃生机、柔韧不易折、枝枝低垂的特点，这不正是不负韶华、只争朝夕的前行者们应具有的人生姿态吗？

（刊于《荆州日报》）

秀杰之气终不可掩

说起苏辙（1039—1112），人们的第一反应总是苏轼之弟。确实，比起"天才"兄长苏轼那如太阳般耀眼的文才与人格魅力，苏辙恰似一轮散发清辉的明月，沉静简洁，恬淡寡欲，虽不愿人知之，而秀杰之气终不可掩。

为文养浩然之气

苏辙才华横溢，18岁进士及第，名动京师，一生勤耕不辍，著作颇丰，为唐宋八大家之一。

苏辙大力写作古文，提出了"养气说"，这集中体现在著名的《上枢密韩太尉书》一文中。他说："以为文者气之所形，然文不可以学而能，气可以养而致。"文章是一个人精神气质的有力体现，如不先养气丰富内在，单凭学习是写不好文章的，而气可以通过修养获得。他这里所说的"气"是一种精神状态，表现在作品中就是宽厚宏博、充乎天地之间的浩然之气。他还认为，一个人的气自然而然地体现在其所写的文章中，也许作者本人不自知，但别人是可以观察到的。

那么应如何"养气"呢？苏辙强调社会阅历的重要性，认为司马迁"行天下，周览四海名山大川，与燕、赵间豪俊交游，故其文疏荡，颇有奇气"。苏辙为了"激发其志气"，曾广泛结交名者贤士，游历山川形胜，"求天下奇闻壮观，以知天地之广大"。他这种创作和生活实践密切结合的观点，比韩愈的"行之乎仁义之途，游之乎诗书之源"又前进了一步。

"然而冲和淡泊，遒逸疏宕，大者万言，小者千余言，譬之片帆截海，澄波不扬……"明代文学家茅坤认为苏辙其文具有谦逊和气、淡然宁静而又刚劲放达的特色，称其文章如"片帆截海，澄波不扬"。其实，苏辙内心深藏着感情的滔天巨浪，但表现出来的却是波澜不惊的沉静和淡定，厚积薄发中蕴藏着宏大深沉的气象与胸襟。

苏辙在评论别人作品时，也以"气"为标准。对兄长苏轼更是直赞"子瞻诸文皆有奇气"。由于他注重"养气"，所以其文章多以疏宕袅娜、气雄充沛见长，往往"数百言中有千万言不尽之势"，在浩瀚宋文中独树一帜。

为官养刚正之气

苏辙大器晚成，曾任右司谏、御史中丞、尚书右丞、门下侍郎等职。他不仅有在朝中做官的经历，也曾到地方任职。无论于何地就任何职，他从不受外在环境的干扰，威逼利诱不能使其屈服，不能改变其操守，涵养形成了他"至大至刚"的精神境界，令人称道。

宋神宗继位后，素来欣赏王安石才干的神宗起用王安石变法。熙宁二年（1069年），王安石为推行变法，特设置三司条例司，掌管新法的制定与颁布，苏辙也在这个机构任事。王安石大胆推出了一些具有争议性的措施，苏辙对其推出的青苗法尤为不满，他认为此法损害了老百姓的利益，并将反对此法的理由告诉了王安石。当时，有的人见王安石正处于春风得意之时，趋炎附势，不敢违逆其意，但苏辙绝不是这样的人。由于与王安石在变法措施上的意见多有不合，苏辙向朝廷上书《制置三司条例司论事状》，并呈上《条例司乞外任奏状》，请求外放。

这一年八月，苏辙终于被贬出京城，任河南府留守推官，此后的十多年中，苏辙大部分时间在不同的地方担任学官、监盐酒税等品级很低的官职，又遭乌台诗案的牵连，仕途之坎坷可想而知。苏辙直至45岁时，才出任歙州绩溪县令，担任了一县长官。苏辙在绩溪仅半年时间，就深得百姓爱戴和拥护，地方传颂着"苏公谪为令，与民相从，社民甚乐之"。

元祐年间（1086年至1094年四月，宋哲宗的第一个年号），苏辙得到了重用。元祐元年（1086年）二月，苏辙回到京城，就任右司谏，此后苏辙一路升任至尚书右丞。成为宰相后，苏辙勤于政事达到呕心沥血的程度，他"吏事精详"的治国才能得以充分发挥。南宋人何万在《苏文定公谥议》中评价，元祐年间，"朝廷尊，公路辟，忠贤相望，贵幸敛迹，边陲绥靖，百姓休息，君子谓公之力居多焉"。可见苏辙在元祐之政中起到了重要作用。亦有苏学专家评论道："元祐之政实为苏辙之政。"

此后，苏辙又连遭贬谪。绍圣元年（1094年），苏辙被贬到汝州，虽任职不到百天，但他勤政爱民，特别在发展地方经济等方面做了许多事，在其离任时，送别的百姓呜咽流涕，延绵数十里。

每到一地，苏辙皆一心为民、廉洁奉公。他受孟子影响很深，树立了牢固的民本思想，关心民生，致力于启发民智、破除迷信、治水治穷，大力发展经济，可谓政绩显著。

205

苏辙一生所上奏章有 150 多篇，任谏官 10 个月就达 74 篇。在一次次贬官之后，他始终怀揣忧国忧民之心，直言不讳地提出一系列政见和切中时弊的建议，这是其本性使然。苏辙堪为宋朝勤政为民、刚正方直的官员典范。

为人养淡泊之气

苏辙一生宦海浮沉，历经坎坷，但他时刻保持恬淡虚静、忠直简朴的品格，处逆境而浑然如常。

嘉祐年间（1056—1063），在凤翔任签判的苏轼到附近玉女洞游玩，听闻洞中一眼清泉喝后能延年益寿，便取来饮之，果然甘美异常。苏轼想长享此美，便定期派卫卒前去取用。为防止侍卫作弊，他还特意做了"调水符"。怎料侍卫抵挡不住诱惑，常将水喝光再找河水代替。苏轼发觉受骗又无人可说，只好给弟弟苏辙写信，慨叹人心不古。苏辙回以《和子瞻调水符》批评他："多防出多欲，欲少防自简。君看山中人，老死竟谁谩？渴饮吾井水，饥食瓾中饭。何用费卒徒，取水负瓢罐？置符未免欺，反复虑多变。授君无忧符，阶下泉可咽。"弟弟苏辙提醒哥哥苏轼欲望过多，反受其累，只有克制欲望、洁身自好，才是真正的"无忧符"。苏轼顿时羞愧得满面通红，从此不再取水。

苏辙如此淡定守直，除了个人秉性之外，最主要是他对"多欲"的危害有着特别清醒的认识。满目的山光最易满足，澄澈的湖水令人向往。时间被镌刻在简单中，而"淡泊明志，宁静致远"却真正驻足在他的生活里。苏辙认为，一个人"于此有所不足，则于彼有所长；于此有所蔽，则于彼有所见，其势然矣。"因此，他在荣升之时，并不"春风得意马蹄疾"；失意落魄之时，也能"闲看庭前花开花落"。这都充分证明，功夫在诗外，写好人生这篇大文章，须具备强大的人格力量与深厚的修养。

苏辙于宋徽宗即位后以太中大夫致仕。在此之前，他已在颍川定居，筑室曰"遗老斋"，自号"颍滨遗老"，过着田园隐居生活。逝世后，与哥哥苏轼同葬一地，到南宋时，朝廷特敕追谥"文定"。

"养气"本质上是个人禀赋、经验阅历的潜移默化，虽然过程似滴水穿石般漫长，然有"智慧之光"烛照其中，亦有"生命之火"燃于其间。苏辙认为："富贵不能淫，贫贱不能忧。行乎夷狄，患难而不屈，临乎死生，得失而不惧，盖亦未有不浩然者也。故曰：'其为气也，至大至刚，以直养而无害，则塞乎天地。'"他将孟子的浩然之气具体化为对富贵、贫贱、患难、生死、得失的正确态度，作为自己的人生准则。

"辙"者，甘于负重，成人之美，低调务实，正合厚德载物之意。苏辙一生，劳苦不避，功成不居，淡看风云，自然祸亦不及，没有辜负其父之雅望，亦不负"辙"之美名与深意。《宋史·苏辙传》曰："辙性沉静简洁，为文汪洋淡泊，似其为人，不愿人知之，而秀杰之气终不可掩，其高处殆与兄轼相迫。"评价可谓精到。

珠玑之光，照见未来。不慕荣利、精诚守拙，步步为实、不蹈虚空的品德可以穿越时空，历久弥新。苏辙在史书与文坛留下的背影，值得后人不时凝望与沉思。

（刊于《中国纪检监察报》《月读》《党员文摘》）

菜知县责子别妻

六百多年前，一位知县这样写道："一官来此几经春，不愧苍天不负民。神道有灵应识我，去时还似到时贫。"他的继任者读罢此诗，深受感动，决心效法前贤，便和诗一首："此来宣化布阳春，一念孜孜只为民。步武前贤宁敢后，等闲忧道不忧贫。"两位知县一唱一和，都以清廉自励，传为美谈。而前者，便是一生"清俭绝伦"，上任"衣物一担"，离任"一担衣物"，人称"菜知县"的胡寿安。

胡寿安，字克仁，明徽州府黟县（今安徽黟县）人，在河南信阳、河北获鹿（今石家庄市鹿泉区）、四川新繁（今成都新都区）等地做过知县。

胡寿安甘于清贫。明永乐十三年（1415年）春，胡寿安出任新繁知县。他平日粗茶淡饭，衣着朴素，床上挂的是自己做的纸帐，并上书《题纸帐》一诗自警："紫丝步障簇春华，卧雪眠云自一家。雪又不寒云又暖，扶持清梦到梅花。"他不以清寒为苦，反以为乐，将纸帐喻作"雪""云"，可见其心境之恬淡。为节约开支，他利用闲暇时间将衙门后院的空地开垦成菜圃数畦，种植萝卜等蔬菜自食。有客人来访，他将萝卜放在盘里作为待客之物，临走时还作为馈赠之礼。新繁人民感其清廉，敬称他"菜知县"。

胡寿安每到一地，总是深入田间地头察看访问，勤于向老百姓征询民情民意，"事有不便于民者辄罢之，有益于民者皆举而行之"。每逢春耕时节，他都要到村里看看，"劝民播种"。每见有田地荒芜或房屋毁坏，他必问明原因，捐出自己的俸银帮老百姓解困。特别是在新繁期间，他兴利除弊，"重农事、省工役，催科鞫讼、不事鞭箠"，其"一枝一叶总关情"的为民爱民之举，让"吏民敬服"。

　　胡寿安家风严正。他的儿子从老家千里迢迢来看望他，住了两个月，买了两只鸡吃。胡寿安知道后非常生气，他对儿子说："我为官二十余年，最戒奢侈，生怕不能清廉始终。如今你这样大吃大喝，岂不要败坏我家家风？"儿子听罢，惭愧认错，并引以为戒。胡寿安历三县，始终未曾携妻室同住，有人说："你的名声倒是好了，可是你的妻子不能时时见到你，心里有多难受呢？"他回答："我怎么会不念及与糟糠之妻的患难之情呢？为官一任，造福一方，必须时刻保持节操。被耳目、玩好、声色之物丧其良心、败其身家者，比比皆是。我担心自己的妻子和孩子容易受到钱财及珍稀之物的诱惑，可能会瞒着我收下别人的礼物。即使侥幸不被我知道，但等我离任之后，人们必然会笑骂说我言行不一，对外装出廉洁的样子，内心实际很贪婪。所以，我选择不带妻子和我一起上任。"胡寿安"责子别妻"的故事，成为古代廉政文化史上的一个著名典故。

　　胡寿安在新繁任满后，赴京接受考核。他离开时囊空如洗，除了数箧书籍，没有一点积蓄，打算卖了自己唯一的交通工具一匹老马做路费。不料老马忽然得病，送到兽医那里治疗，几天后仍不见好转。这时，兽医的妻子病亡，家里写信来要他回去办丧事。兽医对人说："妻已故，我回家她也不能复生。知县平日粗衣粝食，为民请命，未尝取百姓半文钱。百姓耕田种地，

209

生活安乐，这都是胡知县的功劳啊。如今他将要赴京而马生病了，我若离去，马必危矣。胡知县以何为路费呢？我宁可负亡妻，不可负宰公！"于是，医生写信告诉其子"毋候我归也"。

胡寿安离开新繁那天，百姓夹道相送，争相送礼品给他，被胡寿安一概谢绝。胡寿安在当地结识的一位诗友深知他极重官德，一定不会接受贵重的礼物，于是备了几匹粗布和十个黄萝卜，恳请他收下。胡寿安实在无法推辞，才收下一个萝卜。

"吃菜根淡中有味，守清廉梦里不惊。"胡寿安"空手而来，空手而去"，其两袖清风的节操令人动容，也砥砺为官者"穷不忘操，贵不忘道"。

（刊于《中国纪检监察报》。作者：廖英、陈白云）

密密堂前柳

记得童年时，一个清晨，我感冒发烧，浑身酸痛，不能起床。身为中医的祖父，从门前池塘边的一棵柳树上取下一块皮，烘干，碾碎，让我就着温开水服下。草木的神奇，在那一刻被我见证：一股清爽之气悠然传遍全身。不一会儿，我就精神了许多。

多年以后，脑海里常浮现这一情景。柳树皮无声的治愈能力，让我依旧感动不已，叹其"秉至德而不伐"的精神品质与朴实无华的智慧。

祖父说，曾经的困难时期，柳芽是果腹之物。每到三月，他便从树上捋下满筐柳芽，洗净阴干，以瓦罐封存，用来充饥。后来，祖父还以柳蕊、柳絮、柳花等入药，治好了很多病人。

柳树周身是宝，飘飘飞絮可作枕，蓬松柔软，呵护耄耋老者；垂垂枝条可成篓，百转千回，帮衬渔人耕夫；曲曲躯体可雕琢，任尔凿剔，点缀大国小家……每一棵柳树都有自己的姿态。有的郁郁葱葱营一片风景，袅袅婷婷润一方水土；有的叶细温婉而不屈，丝垂万条而不阿；有的经风霜而不偃，历磨难而不屈，"惟尺断而能植兮，信永贞而可羡"。你看，逢晴日，含紫吐绿成彩绘；遇阴天，淡妆素裹成素描；见细雨，朦朦胧胧成水墨。

那年春天，我站在三袁故里巍峨的荆江大堤上，俯瞰坚韧

211

之柳，仿佛听见长丝清管吹响革命理想高于天的《过雪山草地》，瞬间，一段段故事在胸中翻涌。

一个七八岁的男孩，在经历了无数次战斗后与父母失散，红军叔叔用生命呵护他走到若尔盖大草原。一路见过太多的英勇与牺牲，他变得勇敢而坚强。后来，男孩生病了，得到一户藏族人家的帮助，待痊愈后，大部队已离开。他便留在了当地，并把一路从故乡带来的柳枝插在草原上。柳，生根发芽，茁壮成长，长成了一片柳林，人们叫它"红军柳"。

生命力顽强的柳树，恰似当年的红军战士们，告别家乡、投身革命，经受了残酷的战斗、饥饿、寒冷等生死考验，完成了艰苦卓绝的长征。正如长征组歌《过雪山草地》中所唱："雪皑皑，野茫茫。高原寒，炊断粮。红军都是钢铁汉，千锤百炼不怕难……"

1944 年，王震带领部分主力向华南地区发展。在延安杨家岭中央大礼堂，毛泽东接见三五九旅南下支队的干部，提到要有柳树的本领和柳树的灵活性，插到哪里都能活。其后，王震率部从延安出发，克服重重困难，辗转两万余里，历时六百多个日夜，胜利回到陕甘宁边区，毛泽东称赞它是"我党历史上的第二次长征"。

如今，革命的硝烟早已散去，但坚韧顽强，不畏困难，插到哪里都能活的柳树精神永远不会过时。

（刊于《中国纪检监察报》）

作木如做人

请童师傅那天，他与徒弟正在家看《我在故宫六百年》。在路上，他余兴未了，指着一幢幢高楼大厦说，现在纯木结构的房子很少了，我可能是镇里最后一个老式木匠了。

之所以请童木匠，不为别的，只因他是爱读书的"木秀才"，有自己的一套木学理论：胸有成象方可动，三分画线七分做，赋寸木以骨血；万木寻踪皆有灵，心怀敬畏用勤功，要像对待生命一样对待每一道工序。

童师傅打开工具包时，我怔住了，映入眼帘的是墨斗、画签、角尺、斧头、锯子、车钻、凿子等，还有一些叫不出名的什物。童师傅中气十足：可别小瞧这些吃饭的家伙，里面道道深着呢。光刨子就有十多种，锯子分长开锯、线锯、弓形锯、双人锯等，可谓各尽其才、各有所用。

童师傅问我，门、窗、柜有何讲究？我说"七门"要体现严正、"五窗"要突出古朴、"三柜"要彰显简约。童师傅点点头，"扑"地一下拉开鲁班尺，量起长短不同、厚薄不一的木料来。

只见师徒二人一会儿向上、一会儿向下，一会儿向前、一会儿向后，一会儿向左、一会儿向右，仿佛在他们面前，木料不单是木料，还有传承和问道。半天下来，客厅内码满了各类准料。

我问童师傅，是否有失误或失算的时候？"画错一道线，废掉一根料，我得先成就它，它才有可能成就我。"他边脱外套边说，"这点都整不明白，还干啥木匠呢？"

此时，童师傅弓步以待，徒弟心领神会，两人紧握双人锯一锯到底，轻重缓急掌握得当，半盅茶水的工夫，三张木板就架在木马上。童师傅端起墨斗，在一扎一拉间弹上墨线，在一凿一锤中打上榫眼，丝毫不偏，恰到好处。

童师傅说，古代的木质塔楼未用一钉一铆，靠木头之间的阴阳、凹凸、伸缩来咬合，屹立千年而不倒，就是采用的榫卯法。按榫头的形状分，计有：直角榫、椭圆榫、圆榫、燕尾榫、月牙榫。按榫头的数目分，计有：单榫、双榫、多榫。按榫肩的数目分，计有：单肩榫、双肩榫、多肩榫。按榫头和榫眼的接合方式分，计有：开口榫、闭口榫、半闭口榫、贯通榫与不贯通榫。按榫端是否外漏分，计有：明榫与暗榫。按榫头与方料的关系分，计有：整体榫、插入榫。名目繁多，不一而足。总之，榫头和卯眼要丝丝入缝，留不得一毫缝隙。

他背书一般，一气呵成。

当天下午，七门做好了两门，五窗镶好了两窗。童师傅徒弟笑道，这叫木匠与匠木的自然结合，木理与道理的完全容纳。我仔细端详一番，发觉它们的确有思想、有韵味。心想，这木艺匠心得以发扬，浮不足以承担，浅更不能传承，只有回归本源、静心沉淀，才馈赠出不负岁月的上品。

几天后，我来看书柜"清样"，其图案、结构、形式均达到美的境界，上面看不见一颗钉子、一点胶水。难道童师傅也用了"千年古法"？我这书柜可要装好几千册书呢！

我正为其结实程度担忧，童师傅有板有眼道：这里严丝合

214

缝，实际是暗双榫；这些云形、莲花形，做工更为讲究，采取的是几形榫、插肩榫等；这个拐角有精气神，使劲摇晃也纹丝不动，用的是抄手榫。打个比方，它们就像一棵参天大树，下面的根须早已深入地底、盘根错节，历经几十上百年都不会断折和松散。

木道嬗变，随物赋行。一个书柜竟有如此大的学问！结工钱时，我特地给童师傅多付了报酬，只当少写一篇文章、少拿一次稿费，毕竟这将是我的创作园地。

我送童师傅回家的路上，他郑重地说，以前拜师仪式上，师父会给徒弟准备四份"拜师礼"——鲁班尺、墨斗、刨子和拉杆钻，它们分别象征着规矩、正直、努力和钻研。师傅领进门，修行靠个人，我可没少吃苦头，更不敢走错一步路啊！

作木如做人。回想童师傅说过的每一句话，发觉这位对待木艺要求极为严苛且言行有度的匠人，颇有君子之风——正如他所展示的，将千百年的洗礼化作生命的印刻，用一生在木料的打眼、凿槽、留卯、做榫中修行，吃最大的苦，选最好的料，用最诚的心，做最上乘的作品。

（刊于《楚天都市报》）

215

为李宏塔刻印

偶然的机会，从作家沈俊峰先生采访写作的《在李大钊革命家风沐浴下》报道里，我了解了李大钊之孙李宏塔的光辉事迹，并很荣幸地受托给李宏塔先生刻印。

刻之前，我在网上查阅了许多关于李宏塔先生的权威报道，还跑了市、县图书馆和21家书屋，甚至还进了一趟本县档案馆，累计收集文字资料达10多万字。但这些还远远不够，还不能支撑起印章的重量，我必须真正走进李宏塔先生的内心世界，找到他的初心之源。我深知，要刻出"李宏塔印"四字精髓，不仅要了解他个人，还要了解他个人经历背后的守常故事，那是共产党人的精神品格，是他所处的时代风范。

我不停地钻研探索、砥砺自己，想真正了解李宏塔是一个怎样的人？他有着怎样的信仰和精神密码？因为条件不允许我去李宏塔先生曾战斗、工作、生活过的地方采访，我必须集中精力，以百般努力去捕捉他人性的光辉。

我在沈俊峰采写的《在李大钊革命家风沐浴下》的报道中发现，李宏塔调到省民政厅后，曾先后4次主持厅里的建房和分房工作，却从未给自己分过一套。1998年，是国家最后一次福利分房，可他见许多年轻同志住房较差，还是放弃了机会。直到2000年，有关部门实在看不下去，给李宏塔补了一套小房子，临街，噪音大。李宏塔却让儿子去住，他们老两口仍住原来的房子。

最好的家风是言传身教。李宏塔的祖父李大钊，"黄卷青灯，茹苦食淡，冬一絮衣，夏一布衫"，为创建北京共产主义小组，从自己120元的薪水中拿出80元作为活动经费，即使家庭生活陷入困境，也心甘情愿。父亲李葆华，从小教育儿子："我们只有一个权力，为人民服务。做了一点工作就收礼物，这不是共产党人干的事。""不能吃苦，就不能成人。"……

李宏塔在民政系统工作18年间，唯一的一次"收礼"，是一年春节，一位同志和爱人给李宏塔送去几样小吃，李宏塔却回送了价值数倍的物品让他带回家。李宏塔每年至少有一半时间在基层度过，他将日常工作归纳为："视孤寡老人为父母，视孤残儿童为子女，视民政对象为亲人，这是新时代的'铁肩担道义'。"他说："先辈教育我，要永远保持艰苦朴素的作风，始终把自己置身于人民群众中。"可见，李宏塔的信仰是生长在骨子里的，是活在灵魂里的，是有迹可循的。

一根红线三代人，李宏塔一家忠心许党、赤诚为民，红色血脉、革命家风赓续传承。

随着不断加深的认知与感受，我慢慢找到了蕴含在先生体内的"根"和"魂"，我领悟到了"光辉"一词的真正内涵——它照亮道路，它指引方向，它辉映事物。我也深深认识到，唯有对党的事业忠诚，对人民感情至深，始终保持铁一般的信仰、铁一般的信念、铁一般的纪律、铁一般的担当，才能成就伟大的人格。

当我完全沉浸下来，把李宏塔放在整个时代背景里的时候，先生的形象日益清晰起来：他是一个有信仰的人、一个初心不渝的人、一个艰苦朴素的人、一个清正廉洁的人、一个以严治家的人、一个勤政爱民的人、一个将革命传统代代传的人、一个忠诚干净有担当的人……这些闪光点，就是燎原的星星之火，构成了他独特的人格魅力。

每一次阅读，都是一次灵魂洗礼；每一次反刍，都是一次心灵叩问。

直到有一晚，我感觉情绪就位，胸中涌动着一股不可抑制的力量和自信，恍如一只被困在暗室里的飞鸟，蓦见门窗之开启，得睹明朗之天光。我立即裁纸打格，紧握刻刀，打破刀法藩篱，冲切并用，一气刻就"李宏塔印"四字。随后，以印泥试之，只见线条苍古浑厚，字字含蓄圆劲，意境坦荡开阔，有金石韵味和"返淳归朴"之感。

我选的印石为青田素石，清纯无滓，坚刚清润，寓意李宏塔忠廉、为民的高尚品格。

第二天，我即邮递给沈俊峰先生。一段时间后，他发微信给我：形追秦汉，神与古会，书法、刀法和章法有机统一、完美结合，用心出手，别具一格，好！宏塔先生比较满意。

那一刻，我如释重负，望向书桌的正中央，那里还保留着当时盖在宣纸上的"李宏塔印"四字。它们看起来红艳、干净、明朗，在阳光下熠熠生辉，这不正映照着共产党人像金子一般闪光的高贵品质吗？

（刊于《荆州日报》）

幽兰吐清气

众多写兰花的诗词中，我最爱苏辙的《种兰》："兰生幽谷无人识，客种东轩遗我香。知有清芬能解秽，更怜细叶巧凌霜。根便密石秋芳草，丛倚修筠午荫凉。欲遣蘼芜共堂下，眼前长见楚词章。"苏辙以兰自喻，其发自内心的名节情怀与君子情怀，是一种个体生命道德价值的安顿和理想人格的体现。

自古以来，人们就把兰花视为典雅和坚贞不渝的象征。它空谷幽放、清新脱俗，不因无人赏识而无芳，有高洁而不随世浮沉的气节，有"不与桃李争艳，不因霜雪变色"的品质。它"气清、色清、神清、韵清"，一直深受古今名士的喜爱：或供养于书斋静室，或陈列于案几窗台；或吟诗作赋以咏叹，或挥毫泼墨以抒怀。甚至有"子夜唯恐兰睡去，故而秉烛把花照"的痴迷贤者。

兰花品种繁多，我国主要有"五大家"：春兰、蕙兰、寒兰、建兰和墨兰。春兰花容端正、香气幽雅，根、叶、花均可入药；蕙兰植株挺秀、刚柔兼备，清代书画家许霏和有诗赞曰："士夫气概谪仙才，座上争夸领袖来；自入江南重声价，千金不易此花魁。"寒兰修长健美、优雅俊秀，香味清醇久远，凌霜冒寒吐芳；建兰叶片宽厚、直立如剑，具有滋阴润肺、止咳化痰之功效；墨兰又名报岁兰，每年公历元月开放，可谓不为世俗、独守高雅。它们统称为中国兰，都具有清婉的气象。

对兰花的鉴赏，一般讲究形、韵、意结合。外形或直立刚健、弓垂含劲，或叶条风发、含薰清舞，"春兰如美人，不采羞自献"，各有情怀或况味。兰花之韵，似泼墨山水，寥寥几笔，即风骨峥嵘、寓意深远，还有一种立于深谷的孑然独立和"不以物喜，不以己悲"的通透之境。兰花之意是指其文化内涵和象征意义，如赏其花色，把清白同贞洁联系起来，比喻人的"素心无欲无私"；赏其花香，以"幽香溢远、沁人心脾"来引导人们向上向善，行稳致远；欣赏花势，以"寸心虽不大，容得许多香"来励人有容乃大，能屈能伸；欣赏瓣型，以"包容众花之美"来颂扬华夏儿女坚贞、善良、敦厚、质朴等品德。

兰花鉴赏的最高境界，即以无花为有花，以无形为有形。此时看花不是花，看兰亦非兰，而蕴含其中的只有深远的渡人价值和充盈的精神气节。忧国忧民的孔子，奔走于列国之间，有一天看见高洁的兰花与杂草为伍，而感慨"兰当为王者香"，随后写下著名的《幽兰操》，寓意是人的品格应如幽兰一样高尚不俗，并以此教育弟子"君子修道立德，不为穷困而改节"。爱国诗人屈原种兰、咏兰、"纫秋兰以为佩"，彰显其忠贞不屈、至死不渝的情怀。勾践在吴国当人质时，种兰于渚山，他不仅仅崇敬兰花生生不息，其志却在卧薪尝胆，励精图治。爱兰如痴者当属郑板桥，他曾自言："七十三岁人，五十年画兰，任他雷雨风，终久不凋残。"在他的笔下，兰是葳蕤生姿的，是朝气蓬勃的，是神采飞扬的，是俯仰有致的。他写兰，也经常咏兰："一竹一兰一石，有节有香有骨"，"石上披兰更披竹，美人相伴在幽谷。试问东风何处吹？吹入湘波一江绿"。近代人中，我最欣赏陈毅元帅的《幽兰》诗："幽兰在山谷，本自无人识。只为馨香重，求者遍山隅。"兰花长于深谷，素雅端庄，不争不显，但它幽香清远，使得循香而来求花的人遍布山野。

品兰花，不可错过其清廉之气。它素身皎皎，冰根碧叶，一身正气，清白干净。它不焦不躁，不争不抢，"兰生幽谷无人识，客种东轩遗我香"；它不偏不倚，不纷不扰，"千古幽贞是此花，不求闻达只烟霞"。它至清至纯，根生自然之土，叶沐清新之气，虽为世人所请，但只与知己为伴，不与俗物为伍，卧居高堂不奢华，静处茅舍亦芬芳。

兰品折射人品，人品决定艺术成就。明末清初文学家彭士望曾赞其学生郑去非，不仅画得一手精妙的兰花，还具有兰花一样的超凡品格。彭士望在《书门人郑去非兰卷后》中写道："人不似兰不可画，郑忆翁其人哉！其始称好兰者惟屈正则，而尼父尝引为'同心之言'。兰不苟受人知，自古然矣。"意思是，画家若不具备兰花那样的品行、气节和情操，是不可能画出兰的神韵、气质和风骨的。

总之，赏兰似赏人，评兰如评人，兰品似人品。

除了中国兰，还有热带兰。热带兰艳丽，大朵，常见的有万代兰、蝴蝶兰等。冬天，买几盆热带兰摆在家里，屋里郁郁葱葱，与屋外的萧瑟相呼应，养眼怡心。可惜，热带兰没什么香味，只是花朵硕大、花形多姿。我更喜欢到山间寻找野兰，挖一些回来栽培。它们的香有层次，恰到好处，香得淡定，香得优雅。

公安黄山里的兰草是药，从不攀附"兰花"之名。有一段时间，我常和祖父到黄山的子山禅竹山上寻找兰草。祖父说，诸药皆有灵，均不能过度采摘，须以爱善传递本草之情，用敬畏延续本草之命。祖父的治医态度一直是严谨的，他熟读各家"本草"，不断揣摩，且亲自尝药，研究炮炙，注重实践。对我来说，兰草除了能治病救人，还成了人类的审美对象——这也是栽培的重要意义。

去年夏天，文友邮递给我两盆虎皮兰，它们看起来坚毅挺拔，五六片叶子耸立似锹，放家里使品位立马就上来了。有时，往往越简单、越自然的植物，却蕴含着大美。不由想起清代文学家龚自珍的一篇文章《病梅馆记》，一些封建文人画士把"曲""欹""疏"作为审美标准，而刻意将"天下之梅""斫直""删密""锄正"。但在作者眼里，这是病态之梅、扭曲之梅。美来自自然，也来自单纯。正因如此，人们更喜欢山野里的兰草，喜欢它们的淡然而生，喜欢扑面涌来的幽香。

平时最爱临摹两幅兰画：一幅为赵孟坚的《墨兰图》，其运笔柔中带刚、松秀明快，把兰花迎风披拂、满谷幽香的潇洒姿态和画家超逸孤傲的情怀融为一体，整个画面格调高雅、诗意无限；另一幅是齐白石的《兰花》，简括、苍润、雄秀，寥寥数笔即风神振发，满纸生气，尤耐咀嚼。不由想起李方膺的名句"触目横斜千万朵，赏心只有两三枝"。

在古代，常把美好的诗文喻为"兰章"，把友情之真喻为"兰交"，把良友喻为"兰客"。那么，守正脱俗的君子可否喻为"兰人"呢？

（刊于《荆州日报》）

做干净的抹布

祖父今年 95 岁，除了背有点驼、耳有点背，仍能健步如飞、生活自如，每天将自己收拾得清清爽爽、干干净净。祖父文武双全，练得一身八卦掌，写得几首好诗词，还出版过一本诗词集。

一个晴朗的秋日，我去看望祖父，我们进行了一次特别的"大扫除"。

民以食为天，我们先从清洁厨具入手。我们烧好一大锅开水，逐一将锅碗瓢盆等放入其中消毒。然后，我与祖父每人拿起一块抹布，开始擦拭桌、椅、柜等物什。

只消一刻钟，我们就将家里的一半家具擦得光洁如新，但手中的白抹布逐渐变成了酱黑色。

祖父打来一盆水，将抹布打上肥皂放在水中仔细搓洗起来，连续换洗了三次后，抹布又逐渐恢复到原来好看的白色。

见祖父一副认真的样子，我不以为然地说，抹布值不了多少钱，用几次就要扔了，您还洗那么干净干啥呢？

"与其看着抹布被弄脏变破，不如勤洗俭用，这样用得更长久些。"祖父笑道，"你常读书、写文章，也明白很多道理，掌握了一套套理论，但生活与实践才是文学真正的老师呢！"

祖父拿着洗净的抹布，继续擦洗厨房、窗台。我将手中的脏抹布在温水中轻轻摆了几下，也开始劳动起来。

我发现问题来了，祖父擦过的桌椅一尘不染，而我擦过的桌面当时看起来干净，待水渍干后，留下的是一道道灰色印迹。无论我重复擦多少遍，那些痕迹都依然在。我百思不得其解，于是用最大力气擦拭桌子。然而，留下的痕迹依然如故。

祖父见我焦头烂额，笑着将他的抹布递给我说，用我的试一试。

我接过抹布，只轻轻一擦，那些讨厌的痕迹顿时消失殆尽，桌面立马变得清清爽爽，仿佛一面光洁的镜子，照得出人影来。

"可别小看擦桌子，这可是一门哲学。"祖父语重心长地对我说，"再好、再漂亮的抹布，如果自身不干净，就难以清洁别的物体。这和做人一样，只有自身净、自身正、自身硬，才能影响别人、激励别人、带动别人。"

祖父继续说："'身是菩提树，心如明镜台，时时勤拂拭，勿使惹尘埃'，只有通过不懈的心灵修行，才能抵御外界的各种诱惑和侵蚀；'菩提本无树，明镜亦非台，本来无一物，何处惹尘埃'，人要定期清空自己，达到任何负面思想和精神尘埃从心而过却不留痕迹的境界。"

我明白祖父的良苦用心，他是在提醒我，心若磐石，方能抵抗俗世的诱惑；曲突徙薪，可防患于未然；心净如水，就能照见自我。在任何时候、任何地方，都要清清白白履职、干干净净做事、老老实实做人。

自古贤人重自律，历代清官正自身。自身干净是为政之魂、立身之本和成事之要。

纪检监察干部，是党的忠诚卫士，处于正风肃纪反腐第一线，更要守得住清贫、抵得住诱惑、经得起考验，处理好公与私、义与利、是与非、情与法、亲与清、廉与腐、俭与奢、苦与乐、得与失的辩证关系，涵养"财贿不以动其心，爵禄不以移其志"的节操，守住"水流任急境常静，花落虽频意自闲"的心态，秉持"竹影扫阶尘不动，月穿潭底水无痕"的定力，如此方能不负党和人民的重托。

古人三省吾身，吾日三涤吾心。清澈的感觉是人生最大的慰藉，做干净的"抹布"——洁以致远。

（此文为湖北省纪委监委组织开展的"楚韵·清风"文学艺术作品征集评选活动优秀作品）

如歌瞿家湾

电影《洪湖赤卫队》中扮演韩英的王玉珍，以一首歌曲
——《洪湖水浪打浪》，让洪湖这片清澈荡漾的湖水从此闻名
天下。

再次走进洪湖市瞿家湾镇这片红色土地，我的心情亦如那
见证了烽火岁月的湖水一样，泛起阵阵涟漪。

"1932年，湘鄂西省苏维埃政府由监利周老嘴迁至洪湖瞿家
湾，这里成为湘鄂西政治军事经济文化中心……"在红色教育
培训员、红色文化宣讲志愿者瞿兆利的带领下，我们踏上一条
长约400米、宽不到5米的"红军街"，全国重点文物保护单位
——湘鄂西革命根据地旧址。

与十年前对照，这里格局未变，处处是时间打磨的印记。
斑驳的高垛翘脊，古朴的灰墙玄瓦，悠长的青石板路，多了一
份耐人寻味的气息，也多了一份从容自若。我们来看老街，老
街却捧出雨中的自己，这真是一个绝妙的悬念。

瞿兆利爱好诗词格律，听他的解说不会乏味。他形容老街
有"明清骨架，民国形体"。在祥禄书院门口，他一时兴起，从
衣兜里掏出笔记本，念道："朝阳起，夕暮落，名街悠悠，古意
长长。""相看两不厌，只有瞿家湾。"

漫步青石板道，好像穿越时间一般。"中共中央湘鄂西分
局""中共湘鄂西省委会""湘鄂西省苏维埃政府"等革命遗

226

址，依次进入我们的视野。斗笠、大刀、鱼叉等旧物，挺立于斑驳的墙壁之间，如军人般英气逼人。

虽然岁月改变了古街的容颜，却没有改变古街的精神风范。此时，我被木板门和渔船吸引，一种说不出的感觉涌动于心间，就以近处的遗址和远方的湖水为背景，拍下一张张照片，表达内心的崇敬之情。我深知，每个红色遗址都蕴含着值得后人永久传诵的故事，都充满着信念与执着、坚韧与奋斗、艰辛与牺牲精神。我仿佛还能听见，当年激越的枪声与胜利的歌声……

驻足于"中共中央湘鄂西省委机关报《红旗日报》社"，此时雨后初晴。同行的一位作家朋友沉吟道：阳光四皓，与红相融；星星之火，可以燎原。我回应道：映日老街别样红，正是革命最美颜。

"革命斗争不仅靠枪杆子，也靠笔杆子。"瞿兆利向我们介绍，湘鄂西革命根据地出版发行了 20 余种红色报刊，有《斗争》《工农日报》《红色军人》等，主要宣传党的政治路线、决议、土地革命、苏维埃运动、国内外形势、文化动态，以及党政干部清正廉洁的典型事迹。当时有一条铁律：党员必须每天读报。

我端看一张旧报复印件，内心的红旗猎猎作响。遥想当年，在这不足十平方米的地方，他们肩负道义和使命，开辟一方弥足珍贵的精神家园，用生命和热血扩大了党的宣传阵地，点燃了"革命理想高于天"的信念之火。

沿着青石板缓缓前行，木梁上的红灯笼显得越发红艳。

走进"贺龙同志住室"，一张陈旧褪色的贺龙照片映入眼帘。我按捺不住激动之情，在照片前凝眸注视，希望能寻得这

227

位军事家的精神密码。此时，瞿兆利的诗在耳畔响起：

千山万水历艰辛

北战南征救庶民

湘鄂旌旗换新日

无人不颂贺将军

蓦地，我读懂了元帅目光深处的一切。

在我看来，瞿家湾是洪湖革命斗争史的魂。当年，贺龙、周逸群、段德昌等革命家，在这里"霹雳一声"，播下革命火种，写下光辉一页。贺龙"三下瞿家湾"的情景，历历在目。我似乎看到一群无畏的革命者，以船板为床，以菱角为粮，在港汊纵横、芦苇密布的地方指挥打游击；看到贺龙率红四军和红六军突破千难万险，到公安南平会师，组成中国工农红军第二军团；听见渔民们高兴地唱道："湖中有了贺龙军，湖水亮晶晶，革命烈火烧得旺，红军打仗总是赢！"

总有一些革命的先驱，披荆斩棘，奋勇向前；也总有一些革命的歌声，响彻大地，激动人心。

当时《红军纪律歌》这样写道："大马刀，红缨枪，我到红军把兵当。革命纪律要遵守，共产党教导记心头……大马刀，红缨枪，我到红军把兵当。……爱护老百姓，到处受欢迎。遇事问群众，买卖要公平。一针和一线，不损半毫分。"这首歌由段德昌编写，也就是后来唱遍全军的《三大纪律八项注意》的歌曲雏形。

段德昌还总结了一套游击战术："敌人来清湖时，我们就'飞'，'飞'到敌人据点附近去打，迫使敌人回去，我再'飞'回来，而后相机伏击、截击、消灭敌人。"后来，他把此战术归纳为"敌来我飞，敌去我归，敌多则跑，敌少则搞"十六字方针。

老街尽头，我们看到一位独臂姑娘，正为另外的游客讲解红色历史。打听得知，她是瞿家湾村妇联主席陈玲。几年前，她还是一名建档立卡贫困户。在革命精神的指引下，她身残志坚，自强不息，把自己当作一根红丝线，缝进猎猎飘扬的"五星红旗"，投入宣讲、防汛的洪流。

近年来，到瞿家湾追寻红色足迹、重温党的奋斗故事的群众络绎不绝，国内众多水乡、民俗、革命题材的影视剧组来这里取景。洪湖市整合红色旅游资源，以瞿家湾为中心，不断擦亮这张红色名片，也带动了老区人民脱贫增收。旅游高峰时，革命老街每天接待游客三千人以上。老街的居民被聘请回来，把土特产靠在墙脚，把历史摆在双手上，日子一天比一天红火。

"暖春观鱼跃，荇翠藻绿，水深鱼肥；盛夏赏荷花，临水人洁，近荷心香；深秋看采菱，倩影伴碧波漫荡，菱歌和细浪清唱；隆冬咏雪景，野鸭同雪花共舞，鸿雁与白云齐飞。"今天的洪湖，已不仅是"红色之湖"，也是美丽丰饶的"绿色之湖""生态之湖"。丰富的藕带、莲米、螃蟹和虾等各种"湖鲜"，滋养了一代又一代洪湖人。"人人都说天堂美，怎比我洪湖鱼米乡"的胜景正在赓续。

风物处处，惹人流连。此时，瞿家湾旁的万顷湖水映得出人影，那光明磊落、澄澈透明的气质，那滋润万物、荡涤污浊的品格，似乎融入所有来访者的身体，成长为"后来者"性格的一部分。

"洪湖水呀，浪呀嘛浪打浪啊……太阳一出闪呀嘛闪金光啊，共产党的恩情比那东海深……"歌剧《洪湖赤卫队》选段在红军街上演，不朽之歌荡气回荡，悠扬的旋律穿越时空，历久弥新。

（此文获得荆州市作家协会举办的庆祝中国共产党建党100周年征文大赛三等奖）

中道诗里家风长

在灿若星河的中国文学史上，闪耀着三颗璀璨的星辰，他们共同开创了"公安派"这个著名的文学流派，他们就是史称"公安三袁"的袁宗道、袁宏道、袁中道。

文学"三子星"中，袁中道（1570—1623）少即能文，长愈豪迈。在文学创作上，他反对拟古蹈袭、厚古薄今，提倡"独抒性灵，不拘格套，非从自己胸臆流出，不肯下笔"，认为"天下无百年不变之文章"，他是明代中后期文坛上的一股清流。

袁中道无论抒情写景，还是叙事状物，始终不铺陈道理，不刻意雕琢，且无不来源于生活体验与个性本真，追求清新洒脱、意趣横生的境界。翻开他的《珂雪斋集》卷之五，在《感怀诗五十八首》之四十二中探寻袁氏家族的敦厚家风，一缕墨香、一股清风、一片廉音扑面而来……

"昔我先邵公，高喧凌千春。"首联写袁中道祖父袁大化的功绩，据清同治年间的《公安县志》记载，袁氏远祖本初公，洪武末年迁往荆州公安县，以耕织逐渐发家致富，到祖父袁大化这一辈，袁氏已经是村中首屈一指的富户。嘉靖年间，有一回大闹饥荒，袁大化为救灾民，慷慨散财两千余金，散粮两千余石，并当众销毁了所有借据。但此次无偿的周济，却让袁氏家道中落。

"皎怀若白雪，直节似朱绳。"次联写袁氏家族做事光明磊落，为人正直有气节。袁大化体恤穷人，急人之急，性情温和有礼，有"退让君子"之称；其子袁士瑜继承先辈"退让"之风，自称"七泽渔人"，为里中雅士。虽然数十年屡试不第，但他以己为镜鉴，教育儿子"不宽不严"，结果，三子皆中第入仕。老大袁宗道（1560—1600），官至右春坊庶子兼翰林院编修，为官清廉，尽忠职守，"临事修谨，不失分寸"。老二袁宏道（1568—1610），万历二十三年（1595年）任吴县（今属江苏苏州吴中区）县令，任内惩治奸吏，清理赋税，深受百姓爱戴。他处理公事十分高效，"升米公事"成为美谈，当时首辅申时行称赞道："二百年来无此令矣！"老三即袁中道，万历四十四年（1616年）进士，历国子监博士、南京吏部郎中，官声清越，"出世则以超悟让人"，"修词则以经国垂世让人"。

"四世承素业，曰惟俭与仁。"第三联写袁氏自祖父袁大化起，四代重视传承儒业，坚持以"俭""仁"传家。袁中道外祖父龚大器，早年为诸生，家贫无力深造，祖父袁大化便接他来家中供读，他终于学有所成。袁氏本为农耕之家，受其影响，袁大化开始效法龚大器，在子弟中强调昼耕夜读，自此走向了耕读之家。袁中道客居密云时，写给儿子袁祁年八首五言诗，其中有云："纷纷薄俗子，弃掷莫为邻。过似闻家讳，谭如延大宾。衣冠存古朴，文字尚清新。努力图生事，弃时等弃身。"袁中道谆谆教诲儿子注重"修谨"，不与俗薄子弟往来，闻过则改，衣冠朴素，珍爱时间，好好读书写文章，努力做出一番事业来。这不仅是袁中道有代表性的教子之说，也是他关于如何以"俭""仁"立身的经典之论。

"路中悍鬼者，骄奢陨家声。"第四联警示族人，万不可做凶暴蛮横之人，不可沾染丝毫的奢侈之气，否则家族原有的美好名声就会被彻底毁掉。

"密饭行绛道，率以自圮倾。"第五联再次强调，袁氏族人过日子一定要精细谋划，规规矩矩走正道，做到"穷不失义，达不离道"，不可行为轻率而断送了自己的大好前程。

"乃知安恬素，实为保世珍。"第六联表示只有安于恬淡、素朴的家风，远离名利和奢侈，才是世世代代安身立命和兴旺发达的保证。此联为全诗诗眼，是对前五联的总结与升华，归纳出袁氏"俭""仁"传家的精髓和实质。这在《袁氏家教十则·尚勤俭》中也有体现："大凡居家必也，房屋不必过华，衣冠不必过美，饮食不必过丰，亲朋往来不必过费，生子满旬不必延宾，冠婚丧祭不可越礼。六者能谨，庶几养其源而节其流，家道昌而乡俗美。"

"吾家有夏甫，乱世解藏身。土屋诵贝叶，千秋为典刑。"最后两联是说袁氏家族永远像古人夏甫一样行善积德，定能乱世藏身、流芳千古。

袁氏祖辈体恤穷人、解人之难、慷慨散财，父辈温和谦让、恭谨笃诚、勤劳节俭，三袁兄弟"行绛道""避奢侈""安恬素"。三袁兄弟能在文学上取得夺目的成就，并在政治上获得美誉，既取决于他们自身的人格修养与道德追求，又与他们家族的敦厚家风有着最为直接的联系。

此诗创作于明万历三十五年（1607年），袁中道是年三十七岁，此时他客居密云在蓟辽总督塞达府上做家庭教师。在此期间，他总结人生、规划未来，并对袁氏家风进行了深入总结和思考，这也是该诗谈袁氏家风如此全面且意味深长的原因所在。

中国是诗歌的国度，与其他文明相比，中国更加注重家庭，讲求一种优秀传统在时间上的绵延不绝。两相结合，便有了极具特色的"诗教"传统。中道诗里家风长，亦是这种传统的体现，而我们今天也能从中获益良多。

（刊于《中国纪检监察报》。作者：王能议、陈白云）

清风笔记

我的寂静，像莲花；你的语言，如青春。如此深信，又如此清澈，等着返回到一棵大树……

一直想在写作中融入叶芝式的洁净，或者并入博尔赫斯隐秘而辽阔的痕迹。

道长短

当前，有的作者文章写得很长，前面铺张似丘壑，未免浪费资源或纸张。

有的作家写作，如武林高手一招制敌，绝不废话；有的作家的文字，如刀客快刃而落，锋利无比。

该写的，尽量少写；不该写的，建议不要落纸。以前，有个地方的县委办公室人员做过统计，一周可收到各级约 15 万字的公文，如果都读的话，相当于每周读一部长篇小说。

文稿要求短求精，作风要求真求实。

说新鲜

一月的天空像竹简。

有朋友问我，你怎么老跑到乡下买大白菜？我回答：新鲜。

刚刚收到文友的新作《桂花王》，散发着好闻的气味，新鲜。

2014 年出版过一本诗歌散文集，早属旧文，不新鲜了。

文章是什么？文即纹路、纹样；章指外表。文章的原义指"有纹样的表面"。古人奏乐，连奏十段才能结束，十段为一章。

文章从"音乐"里会意而来，用好的文字表达出来，读起来自然美妙无穷、悦耳动听，这才称为"文章"，也是"新鲜"的文章。

很多人的文章有音无乐，奈何。

书入古

我每晚扎马步练字。

书法总让人如痴如醉，忘记时间。

学书法要入古，最好"师"从魏晋大家。文章也要入古，临习"六朝"之文，领会其中的奥妙与法则，掌握古人的思想精髓，打通国学的"任督二脉"，自然学有所成。

学习古人，进入古境，是写文章、习书法的深度追求。"入帖"的目的，就是把传统的技法与章法变为己有，成为自己今后创作的源泉和根本。

入帖之后，再谈出帖。入帖者，一点一横自有味道；出帖者，空山新雨后。

接地气

"地气"是什么？《辞海》有解，曰"地中之气"。

"接地气"，意为大地富有无限气息和巨大能量，与其相接便可促进事物茁壮成长。

树木接地气，枝繁叶茂；花草接地气，葱翠欲滴……做人也要接地气，低调谦逊；作文也要接地气，否则就是夸夸其谈、空中楼阁。

在老家农村，猫狗受伤后，将它们放在新翻的泥土上过一夜，第二天它们就会活蹦乱跳起来。还有，如果患有轻微的脚气，打几天赤脚就会自愈。

有人问一位电影导演，拍一部精彩的电影的秘诀是什么，他给出答案："就是拍片时心里多想着观众，做到接地气就可以了。"

像树一样

写作，并非诗情画意，只是能让我找个心灵的栖息之地，倾听自己的声音，开辟一方耕云种月的园子。人生，并非一帆风顺，它有宽处，亦有窄处，看自己怎么领悟和把握。

孙犁先生说："古代哲人，著书立说，志在立言；唐宋以来，作家结集，意在传世。有人轻易为之，有人用心良苦。然传世与否，实在难说。"我认为，每一篇文章，都要对读者负责，对自己负责。出一本书，得用纸张，用树木纸浆。真希望我的这些文字，能对得起那些树。

这本散文集，围绕"明月光""百味斋""清风来"三辑展开，题材广泛，那人、那事、那物，那一缕清风……虽然本书没有"《吕氏春秋》成书后，悬之国门，千金不能易一字"那样完美，也没有达到"袁宏道夜读徐文长诗后忍不住叫唤"般的境界，但每一篇皆用了心，都经反复推敲与修改，力求"散开"的极致，在"简"中"找"到"厚"。

所以，我极力追求"梅花桩上的文字"。在这个"惜时如金"的时代，需要作家们"惜字如金"。读者渴望读到"钢丝绳上的舞蹈"，而不是浪费时间看"万人一势"。

我不得不致敬曹雪芹，因为历史告诉我们，他除去经历一劫人生，对文稿"批阅十载，增删五次"；也不得不提《水浒传》作者，因为除了各方面的修养准备，他还曾经把一百零八名人物绘成图样，张之四壁，终日观摩思考，才得出了不同性格的英雄……

面对人生之"窄"，他们没有放弃，懂得取与舍，自有胸襟与气度。其实，窄亦宽，宽亦窄。宽窄之路，存乎一心。只有不忘初心，不断容纳、理解和修正自己，方能如水般宽窄皆适。

文学之路，亦如此。

因此，散文集最初取名为《宽与窄》。后来，我想起每天遇见的树。它们深深扎根于地下，任凭风雨雷电干扰，无论外界如何摧毁，都无所畏惧、勇毅生长。它们无视"宽"与"窄"，只有坚守、等待和奉献。

人生、写作，不都要如此纯粹吗？

"没有谁能够击倒我们，除非我们自己；没有谁能够拯救我们，只有我们自己。"

我小时候喜静，有读书、习武、练书法三个爱好。清晨，在竹林里扎马步、练铁拳；中午，在父亲书房端坐阅读；晚上，在自己房里磨墨练字。可谓一半武斋苦练，一半文房守直。长大后，我喜欢走四方，立志读万卷书，行万里路，以期写出好作品。

调到纪委组宣部后，我开始寄情于廉政文苑，一是为正风反腐鼓与呼，二是砥砺笔头功夫。就这样，一篇一篇叠加，居然积成一册。我很是欣喜，这也算是对我苦心写作的一个回报和安慰吧。

像树一样，不忘本。

感谢黑丰老师在百忙之中为散文集作序，让我感动并铭记，这将成为我继续前行的动力。

后记

同时，我不会忘记我生命中遇到的贵人。要不是张思思在万千投稿中选用我的《心灵的修行》，我不会下苦功夫把"铁杵磨成针""炼精诗句一头霜"。还有曾纪鑫、杨宏斌、刘我风、廖英、陈立贵、刘海、王君、熊湘鄂、施敬军、陈中华、柳红霞、杨波、薛嘉、涂义强、刘锡斌、李德湘、张仁武等，若不是他们鞭策我、鼓励我、关心我，我不会如此觉醒、如此革新。

　　最后说到的就是我的家人。可以这么说，没有爱人许芳的默默支持，我就不会有今天的《像树一样》。

　　谢谢。